O GATO PRETO
e outras histórias

EDGAR ALLAN POE

O GATO PRETO
e outras histórias

Tradução Adriana Buzzetti

Brasil, 2021

Lafonte

Título original – *The Black Cat*
Copyright da tradução © Editora Lafonte Ltda. 2020

Todos os direitos reservados.
Nenhuma parte deste livro pode ser reproduzida por quaisquer meios existentes sem autorização por escrito dos editores e detentores dos direitos.

Direção Editorial   *Ethel Santaella*

REALIZAÇÃO

GrandeUrsa Comunicação

Direção   *Denise Gianoglio*
Tradução   *Adriana Buzzetti*
Revisão   *Paulo Kaiser*
Capa, Projeto Gráfico e Diagramação   *Idée Arte e Comunicação*
Ilustrações   *Harry Clarke*

```
Dados Internacionais de Catalogação na Publicação (CIP)
       (Câmara Brasileira do Livro, SP, Brasil)

   Poe, Edgar Allan, 1809-1849
      O gato preto e outras histórias / Edgar Allan
   Poe ; tradução Adriana Buzzetti. -- São Paulo, SP :
   Lafonte, 2021.

      Título original: The black cat.
      ISBN 978-65-5870-155-2

      1. Literatura infantojuvenil I. Título.

21-76838                                  CDD-028.5
```

Índices para catálogo sistemático:

1. Literatura infantil   028.5
2. Literatura infantojuvenil   028.5

Eliete Marques da Silva - Bibliotecária - CRB-8/9380

Editora Lafonte
Av. Profª Ida Kolb, 551, Casa Verde, CEP 02518-000, São Paulo-SP, Brasil – Tel.: (+55) 11 3855-2100
Atendimento ao leitor (+55) 11 3855-2216 / 11 3855-2213 – atendimento@editoralafonte.com.br
Venda de livros avulsos (+55) 11 3855-2216 – vendas@editoralafonte.com.br
Venda de livros no atacado (+55) 11 3855-2275 – atacado@escala.com.br

SUMÁRIO

7	O GATO PRETO
27	OS ASSASSINATOS NA RUA MORGUE
95	O ENTERRO PREMATURO
125	OS FATOS NO CASO DO SR. VALDEMAR
145	O BARRIL DE AMONTILLADO

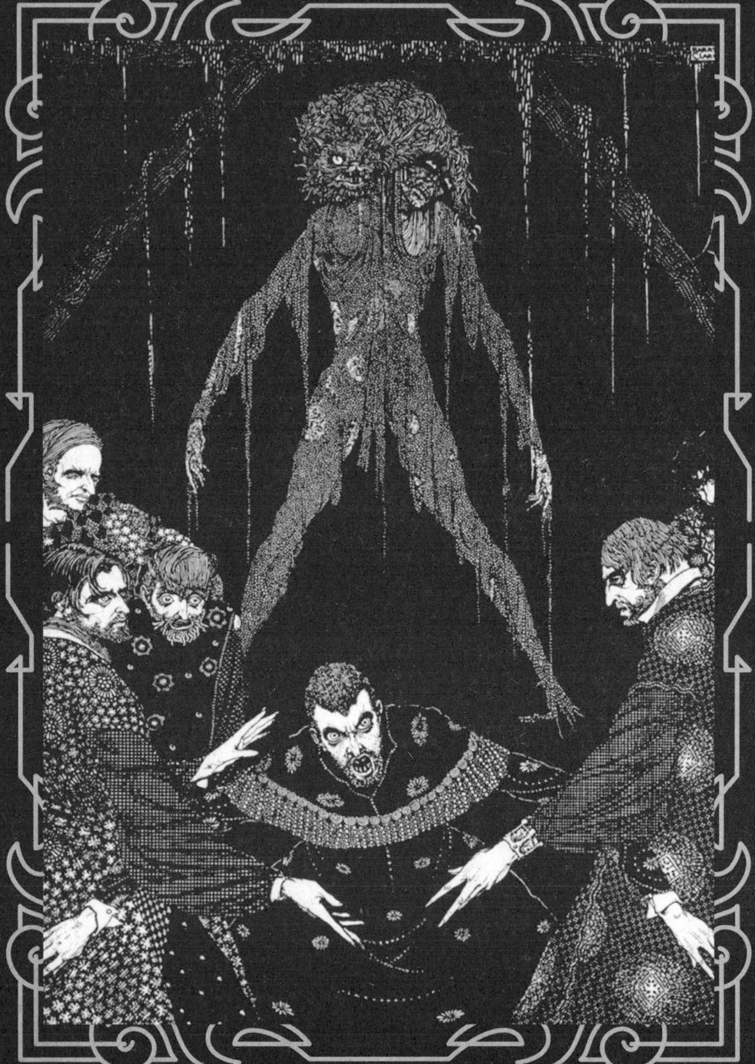

O GATO PRETO

Nesta narrativa tão simples quanto extravagante, que estou prestes a escrever, não espero nem peço que acredite. Eu seria louco se o fizesse, em um caso em que meus próprios sentidos rejeitam as provas.

Nem sou louco, nem estou sonhando. Mas amanhã estarei morto e hoje quero descarregar minha alma. Meu objetivo imediato é colocar diante do mundo, simplesmente, sucintamente, e sem dizer nada, uma série de acontecimentos domésticos.

Em suas consequências, esses eventos me aterrorizaram, me torturaram, me destruíram. Tampouco tentarei explicá-los. Para mim, eles apresentaram não menos que horror; para muitos eles parecerão menos terríveis do que *barroques*.¹ Depois, talvez, alguma inteligência poderá ser encontrada e reduzirá meu fantasma ao lugar-comum – alguma inteligência mais calma, mais lógica, e muito menos nervosa que a minha, que perceberá, nas circunstâncias que eu detalho com assombro, nada mais do que uma sucessão ordinária de causas e efeitos muito naturais.

Desde minha infância, era notável minha tendência à docilidade e à humanidade. Minha ternura de coração era tão evidente que chegava a ser motivo de chacota entre meus colegas. Eu gostava especialmente de animais, e fui agraciado pelos meus pais com uma grande variedade de animais de estimação. Com eles eu passava a maior parte do meu tempo, e nunca fui mais feliz do que quando os alimentava e acariciava.

Essa peculiaridade do meu caráter cresceu junto comigo, e na minha vida adulta, eu tirava disso uma das minhas principais fontes de prazer. Para aqueles que nutriram uma afeição por um cachorro fiel e sagaz, eu nem preciso me dar o trabalho de explicar a natureza ou a intensidade da gratificação daí resultante. Há algo no amor desinteressado e autossacrificante de um animal que fala direto ao coração daquele que teve a frequente oportunidade de testar a indigna amizade e tênue fidelidade de um homem.

---

1 Francês: "bizarros".

Eu me casei cedo e fui feliz ao encontrar em minha esposa uma disposição compatível com a minha. Observando minha preferência por animais domésticos, ela não perdeu oportunidade de providenciar aqueles dos mais agradáveis. Tivemos pássaros, peixes, um belo cachorro, coelhos, um pequeno macaco e *um gato*.

Esse último era notavelmente um animal grande e bonito, todo preto e sagaz a um nível surpreendente. Falando de sua inteligência, minha esposa, que não possuía tendência à superstição, fazia frequentes alusões ao dito popular que considerava todos os gatos pretos bruxas disfarçadas. Não que ela tenha alguma vez falado sério sobre isso – e eu menciono o assunto pelo único motivo que ele acaba de ser lembrado.

Pluto – esse era o nome do gato – era meu animal de estimação e companheiro de brincadeiras favorito. Só eu o alimentava, e ele me seguia por onde quer que eu fosse na casa. Eu tinha até dificuldade de impedir que ele me seguisse pelas ruas.

Nossa amizade durou, dessa maneira, muitos anos, durante o qual meu temperamento e natureza em geral – por meio da intemperança criada pelo demônio – experimentou (fico corado ao confessar) uma radical mudança para pior. Eu ficava, a cada dia, mais rabugento, irritável, mais indiferente aos sentimentos dos outros. Eu sofri por usar linguagem inadequada com minha esposa. Finalmente, eu até cometi contra ela atos de violência. Meus animais, claro, sentiam minha mudança de temperamento. Eu não só os negligenciava como os tratava mal.

Quanto a Pluto, no entanto, eu ainda guardava apreço suficiente para me impedir de maltratá-lo, já que não tive escrúpulos em maltratar os coelhos, o macaco e até o cachorro, quando por acaso ou para demonstrar carinho eles vinham ao meu encontro. Mas minha doença me dominou – pois doença é como álcool! – e, finalmente, até Pluto, que estava ficando velho, e consequentemente um pouco rabugento – até Pluto começou a experimentar os efeitos do meu mau humor.

Uma noite, ao voltar para casa, muito embriagado, de uma das minhas andanças pela cidade, eu imaginei que o gato evitava minha presença. O agarrei, e com medo de minha violência, ele me fez uma ferida na mão com seus dentes. A fúria de um demônio instantaneamente se apossou de mim. Eu já não me reconhecia.

Minha alma pareceu, de uma vez, fugir do meu corpo, e uma malevolência mais do que demoníaca, alimentada pelo gim, estremeceu cada fibra do meu corpo. Tirei um canivete do bolso do meu casaco, o abri, agarrei o pobre animal pela garganta e deliberadamente arranquei um de seus olhos da órbita. Eu me envergonhava, ardia, tremia, enquanto cometia a maldita atrocidade.

Quando recobrei a razão ao amanhecer – depois de ter me livrado dos vapores do deboche da noite – experimentei um sentimento meio de horror, meio de remorso, pelo crime do qual era culpado; mas era, na melhor das hipóteses, um sentimento frágil e equívoco, e a alma permanecia intocada. De novo, me entreguei ao excesso, e rapidamente afoguei no vinho toda a lembrança da façanha.

Enquanto isso, o gato aos poucos se recuperou. A cavidade do olho perdido tinha, na verdade, uma aparência assustadora, mas ele não aparentava estar mais sentindo nenhuma dor. Ele perambulava pela casa como de costume, mas como devia ser esperado, fugia com extremo terror diante da minha aproximação. Muito do meu antigo coração ainda estava em mim, a ponto de, a princípio, sofrer com o fato de que a criatura que antes tanto me amara agora não gostava mais de mim. Mas esse sentimento logo deu lugar à irritação.

Até que veio, como minha final e irrevogável derrocada, o espírito de PERVERSIDADE. Esse espírito a filosofia não considera. E não tenho mais certeza se minha alma vive do que tenho de que a perversidade é um dos impulsos primitivos do coração humano – uma das faculdades primárias indissociáveis, que direciona a natureza do homem. Quem nunca se achou, centenas de vezes, cometendo um ato vil ou tolo sem nenhuma razão aparente a não ser o fato de que não deveria? Não temos uma tendência permanente, em oposição ao julgamento, de violar as *leis*, simplesmente por acharmos que devem ser cumpridas?

Esse espírito de perversidade, eu digo, veio para minha derrocada final. Era esse abissal desejo da alma de se atormentar – para causar violência a nossa própria natureza – para fazer mal somente por fazer, que me impeliu a continuar e finalmente consumar a lesão que eu havia infligido ao inofensivo animal. Uma manhã, de sangue frio, coloquei um nó em volta de seu pescoço e o pendurei ao galho de uma árvore – fiz isso com as lágrimas escorrendo dos meus olhos e com o mais amargo remorso no meu coração; fiz isso porque sabia que ele havia me amado e porque ele não havia me dado qualquer motivo para o crime; fiz isso porque sabia que estava cometendo um pecado, um pecado mortal que iria comprometer minha alma imortal ao colocá-la, se é que era possível, muito além da infinita misericórdia e do mais terrível Deus.

Na noite do dia em que esse feito cruel foi realizado, acordei por gritos de "fogo!". As cortinas do meu leito estavam em chamas. A casa toda estava queimando. Foi com grande dificuldade que minha esposa, uma criada e eu mesmo escapamos da conflagração. A destruição foi completa. Todos os meus bens materiais foram arruinados e então sucumbi ao desespero. Estou acima da fraqueza de procurar estabelecer uma sequência de causa e efeito entre o desastre a atrocidade. Mas estou detalhando uma sucessão de fatos e não quero deixar nem um elo falho. No dia após o incêndio, visitei as ruínas. As paredes, com uma exceção, haviam desmoronado. Essa exceção era uma parede interna, não muito grossa, que ficava mais ou menos no meio da casa, e junto à qual ficava a cabeceira da cama. O reboco havia, em grande medida, resistido à ação do fogo – fato que associei a ter sido feito recentemente. Uma grande multidão se reuniu em torno dessa parede, e muitas pessoas pareciam estar examinando uma parte específica com minuciosa e ávida atenção. As palavras "estranho!", "singular!" e outras expressões similares despertaram minha curiosidade. Eu me aproximei e vi, como se gravadas em *bas relief*,[2] sobre a superfície branca, a figura de um *gato* enorme. A impressão foi feita com uma precisão verdadeiramente admirável. Havia uma corda em volta do pescoço do animal.

Quando eu primeiro contemplei essa aparição – pois não podia chamar de nada diferente – minha admiração e meu terror foram extremos. Mas finalmente a reflexão veio

---

2   Francês: "baixo-relevo".

em meu auxílio. O gato, eu lembrei, havia sido enforcado em um jardim ao lado da casa. Com o alarme de incêndio, esse jardim havia sido imediatamente tomado pela multidão – dentre a qual alguém pode ter cortado o animal da árvore e o atirado para dentro do meu quarto, através da janela aberta. Isso talvez tenha sido feito com a intenção de me acordar. A queda das outras paredes deve ter pressionado a vítima da minha crueldade contra o material do reboco recém-espalhado, e a cal com as chamas e a amônia da carcaça contribuíram para formar o retrato como foi visto.

Embora eu rapidamente tivesse voltado à razão, se não completamente à consciência, pois o espantoso fato eu acabara de detalhar, isso não impediu que causasse grande impressão à minha imaginação. Por meses continuei vendo o fantasma do gato, e nesse período me vinha um tipo de sentimento que parecia, mas não era, remorso. O mais longe que consegui ir foi lamentar a perda do animal e, considerando minha situação, conduzir uma busca vil por outro animal de estimação da mesma espécie, e de aparência similar, com o qual substituí-lo.

Uma noite, enquanto eu me sentava meio atônito em uma dessas espeluncas que eu frequentava, minha atenção se voltou de repente para um objeto preto, repousando sobre o topo de um imenso barril de gim ou rum, que era basicamente

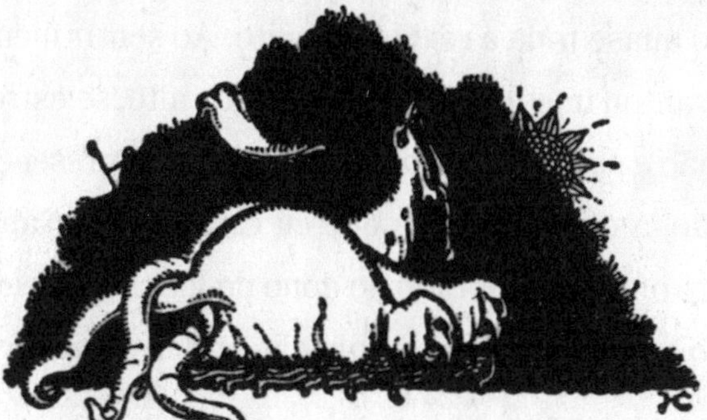

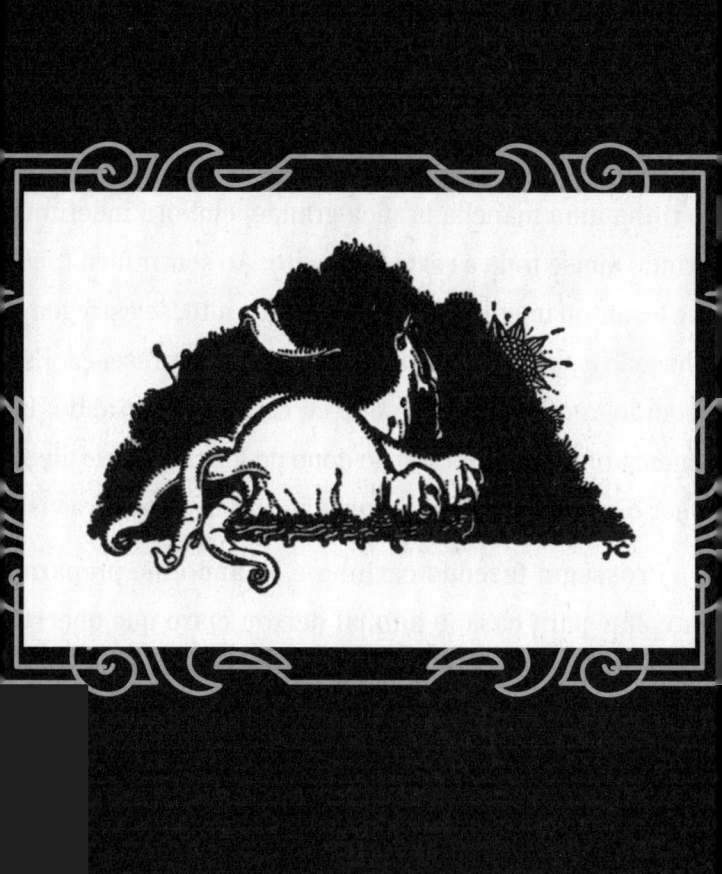

a única mobília do recinto. Eu vinha fitando o topo desse barril por algum tempo, e o que me surpreendeu foi que eu não havia ainda reparado no objeto sobre ele. Me aproximei e o toquei com minha mão. Era um gato preto – bastante grande – quase tão grande quanto Pluto, e se parecia muito com ele, exceto por uma característica. Pluto não tinha sequer um pelo branco em qualquer parte de seu corpo, mas esse gato tinha uma mancha branca grande, embora indefinida, cobrindo quase toda a região do peito. Ao sentir meu toque, ele se levantou imediatamente, ronronou alto, se esfregou na minha mão e pareceu encantado com a minha presença. Essa era, então, a criatura exata que eu estava procurando. Inicialmente ofereci comprá-lo do dono do local, mas ele alegou não ser o dono dele, nem o conhecia, nunca o houvera visto.

Prossegui fazendo carinho e, quando me preparava para voltar para casa, o animal deixou claro que queria ir comigo. Eu permiti que ele me acompanhasse, e ia ocasionalmente me abaixando para acariciá-lo conforme seguia. Quando chegou em casa, ele se familiarizou rapidamente, imediatamente caindo nas graças de minha esposa.

De minha parte, logo descobri que não gostava dele. Era exatamente o contrário do que eu havia previsto, mas, não sei bem como nem por quê, sua afeição a mim me desgostava e perturbava. Gradativamente, esses sentimentos de desgosto e perturbação se transformaram em amargura e ódio. Eu o evitava; um certo senso de vergonha e a lembrança da crueldade que cometi anteriormente me impediam de maltratá-lo. Por algumas semanas, eu não bati nele nem o tratei de forma violenta, mas gradativamente, muito gradativamente, eu o olhava com um ódio inexplicável e silenciosamente fugia de sua presença odiável, como quem foge de um hálito pestilento.

O que sem dúvida piorou meu ódio pelo animal foi descobrir, na manhã depois de tê-lo trazido para casa, que, assim como Pluto, ele também não possuía um dos olhos. Esse fato, no entanto, só fez minha esposa gostar mais dele; ela que, como eu já disse, possuía em alto senso de humanidade, que houvera sido uma característica marcante em mim e fonte dos mais simples e puros prazeres.

Apesar da minha aversão ao gato, todavia, sua preferência por mim parecia aumentar. Ele seguia meus passos com uma insistência que ficaria difícil o leitor compreender. Onde quer que eu me sentasse, ele se agacharia sob a cadeira ou pularia sobre meus joelhos, me cobrindo com seus odiosos carinhos. Se eu me levantasse para andar, ele se enfiaria entre meus pés e assim quase me derrubaria ou, grudando suas garras afiadas em minha roupa, subiria até meu peito.

Nessas horas, embora eu quisesse derrubá-lo com um golpe, eu me segurava, em partes por causa do antigo crime, mas basicamente – deixe-me confessar logo – por absoluto pavor da criatura. Esse pavor não era exatamente de um mal físico que ele pudesse me causar – embora eu não soubesse bem como defini-lo. Tenho quase vergonha de admitir – sim, mesmo nesta cela de condenado, tenho quase vergonha de admitir – que o terror e o horror que o animal me inspirava haviam sido alimentados por uma das mais simples quimeras que seria possível conceber. Minha esposa havia chamado minha atenção, mais de uma vez, para a natureza da mancha branca, da qual já falei, e que constituía a única diferença visível entre esse animal estranho e o que eu havia matado. O leitor se lembrará de que essa marca, embora grande, era no início bem indefinida, porém, gradativamente, quase imperceptivelmente – e por um longo tempo minha razão lutou para rejeitá-la, considerando imaginação –, ela, finalmente, tinha assumido um contorno muito distinto. Ela representava agora um objeto que me faz estremecer só de dizer o nome – e, por isso, acima de tudo, eu odiava e temia e teria me livrado do monstro se tivesse tido coragem. A mancha formava agora a imagem de algo hediondo, sinistro – a imagem da FORCA! Ó, motor fúnebre e terrível de horror e crime – de agonia e de morte!

Agora eu estava miseravelmente abaixo da desgraça da humanidade. E um animal rude – cujo colega eu havia desdenhosamente matado – um animal rude causou a mim

– a mim, um homem criado à imagem de Deus – tamanha insuportável tristeza.

Ai, nem de dia, nem à noite, eu jamais tive novamente a bênção da tranquilidade! Durante o dia, a criatura não me deixava sozinho um momento sequer; e à noite, eu ia de sonhos de um medo impronunciável até sentir o hálito *da coisa* na minha cara e seu enorme peso – um pesadelo encarnado que eu não tinha forças para espantar – imposto eternamente ao meu coração!

Sob a pressão de tormentas como essas, os frágeis restos de bondade dentro de mim sucumbiram. Pensamentos malignos constituíam minha única companhia – os mais sombrios e malignos. A mudança de temperamento se tornou um ódio por tudo e todos; ao mesmo tempo, mesmo diante de surtos frequentes, repentinos e incontroláveis de fúria aos quais eu me abandonava, minha resiliente esposa, coitada, era quem mais sofria pacientemente.

Um dia, ela me acompanhou em um passeio doméstico até o porão do antigo prédio em que nossa pobreza nos levou a morar. O gato me seguiu pelas escadas íngremes e, quase me derrubando de cabeça para baixo, me levou à loucura. Ergui um machado e esqueci, no meu ódio, o pavor infantil que até então havia detido minha mão, mirei um golpe no animal que, claro, se mostraria instantaneamente fatal se tivesse o atingido como eu desejava. Mas esse golpe foi parado pela mão de minha mulher. Levado por tal interferência a uma ira mais que demoníaca, tirei meu braço de sua mão e enterrei o machado em sua cabeça. Ela caiu morta, sem nem um gemido.

Tendo cometido esse assassinato hediondo, me coloquei imediata e deliberadamente na tarefa de esconder o corpo. Eu sabia que não poderia removê-lo da casa, nem de dia, nem à noite, sem o risco de ser observado pelos vizinhos. Muitas ideias dominaram minha mente. Em um momento, pensei em cortar o corpo em mínimos fragmentos e o incinerar. Em outro, pensei em cavar um túmulo para ele no chão do porão. Então, cogitei escondê-lo no poço do quintal, ou empacotá-lo em uma caixa, como uma mercadoria, com os detalhes que fossem necessários e então conseguir um carregador para tirá-lo da casa. Finalmente, cheguei ao que era uma ideia muito melhor do que essas. Decidi emparedá-lo no porão – como se diz que os monges da Idade Média faziam com suas vítimas.

Para um propósito desses, o porão era bem adequado. Suas paredes foram construídas de maneira imprecisa e recentemente receberam um reboco grosseiro, que não endureceu completamente devido à umidade do local. Além disso, em uma das paredes havia uma saliência, que seria o espaço de uma chaminé ou lareira e havia sido preenchida e pintada da mesma cor do restante das paredes do porão. Eu não tinha dúvidas de que poderia retirar os tijolos nesse ponto, inserir o cadáver, e cobrir tudo como antes de forma que ninguém possa detectar nada suspeito. E nisso não me enganei. Com um pé de cabra, retirei os tijolos e cuidadosamente depositei o corpo e o ajeitei na parede interna, o sustentei naquela posição enquanto, com pouca dificuldade, recoloquei toda a estrutura da forma que estava originalmente. Depois de buscar cal, areia e pelo de animal, com total precaução, preparei uma massa idêntica à antiga, e com muito cuidado refiz o trabalho. Quando terminei, fiquei contente por tudo estar certo. A parede não apresentava nenhum traço que evidenciasse a alteração. Recolhi o lixo do chão com o máximo cuidado. Olhei em volta triunfantemente e disse a mim mesmo:

— Aqui, pelo menos, meu trabalho não foi em vão.

Meu próximo passo era procurar o animal que tinha sido a causa de tamanha desgraça, pois havia firmemente decidido, finalmente, matá-lo. Se tivesse podido encontrá-lo naquele momento, não haveria dúvida quanto a seu destino, mas parecia que o astuto animal havia ficado alarmado com a violência da minha ira anterior e se privou de aparecer diante do meu humor atual. É impossível descrever ou imaginar o profundo e feliz sentimento de alívio que a ausência da criatura detestável gerou no meu peito. Ele não apareceu durante a noite – e assim por uma noite, pelo menos, desde sua chegada à casa, eu dormi segura e tranquilamente; sim, dormi mesmo com o peso do assassinato na minha alma!

O segundo e o terceiro dia se passaram, e meu algoz não apareceu. Mais uma vez respirei como um homem livre. O monstro, em terror, havia abandonado a casa para sempre! Eu nunca mais precisaria olhar para ele. Minha alegria era suprema. A culpa pelo meu sombrio feito era pequena. Poucas investigações haviam sido feitas, mas essas tinham sido prontamente respondidas. Até uma busca foi instaurada – mas claro que não havia nada a ser descoberto. Eu contemplei minha felicidade futura como certa.

No quarto dia após o assassinato, uma comitiva da polícia apareceu em casa, muito inesperadamente, e começou de novo uma rigorosa investigação das dependências. Seguro, entretanto, da impenetrabilidade do meu local de esconderijo, não senti nenhum embaraço. Os policiais me pediram que os acompanhasse em sua busca. Eles não deixaram passar nenhum canto da casa. Finalmente, pela terceira ou quarta vez, eles desceram até o porão. Não me deixei abalar. Meu coração batia calmamente como o de uma pessoa dormindo inocentemente. Andei no porão de um lado para o outro. Pus as mãos sobre o peito, e fui de lá para cá. A polícia estava completamente satisfeita e se preparava para partir.

A alegria no meu coração era muito forte para ser reprimida. Desejava fortemente dizer ao menos uma palavra de triunfo para me assegurar duplamente de que estavam convencidos da minha inocência.

— Senhores – eu disse, finalmente, enquanto eles subiam as escadas –, fico feliz em saber que afastei suas suspeitas. Desejo-lhes boa saúde e um pouco mais de gentileza. A propósito, essa casa... essa casa é muito bem construída.

Na ânsia de dizer algo facilmente, mal percebi o que acabara de pronunciar.

— Devo dizer que é uma casa excelentemente bem construída. Essas paredes... estão indo, senhores? Essas paredes foram solidamente erguidas.

Nesse momento, num frenesi de coragem, bati com força, com uma bengala que eu tinha em mãos, bem naquela parte da parede em que por trás havia o cadáver da minha querida esposa.

Deus me proteja e me livre das presas do demônio! Assim que a reverberação das minhas batidas deu lugar ao silêncio, uma voz respondeu de dentro do túmulo! Por um grito, a princípio abafado e cortado, como o choro de uma criança, e que então rapidamente se transformou num berro longo, alto e contínuo, totalmente anômalo e não humano

– um uivo – um grito de lamento, meio de terror, meio de triunfo, como se tivesse vindo do inferno, conjuntamente da garganta dos condenados em sua agonia e dos demônios que exultam na danação.

Expressar o que pensei é até loucura. Quase desmaiando, cambaleei até a parede oposta. Por um instante, os policiais subindo as escadas ficaram imóveis, por extremo terror e espanto. No momento seguinte, uma dúzia de braços fortes estava demolindo a parede. Ela caiu por completo. O cadáver, já em estado avançado de putrefação e coberto de sangue, estava ereto diante de seus espectadores. Sobre sua cabeça, com uma boca vermelha aberta e olhos solitários ardendo em fogo, estava o hediondo animal cuja astúcia me induzira ao assassinato e cuja voz denunciadora me entregara ao carrasco. Eu havia emparedado o monstro dentro do túmulo!

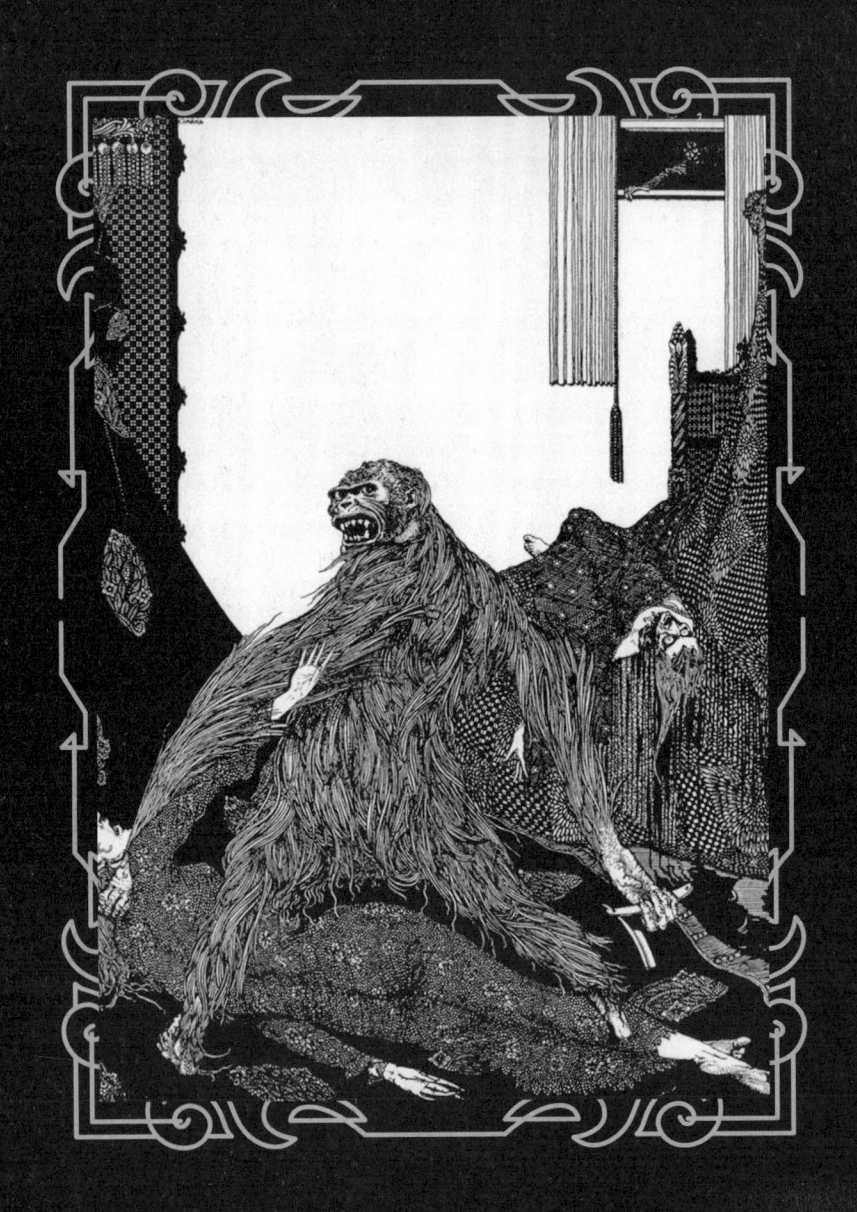

OS ASSASSINATOS NA RUA MORGUE

Que canções cantaram as sereias, ou que nome Aquiles adotou quando se escondeu entre as mulheres, embora sejam questões intrigantes, não estão além das conjecturas.

Sir Thomas Browne

As características mentais tidas como analíticas são, em si mesmas, não mais que pouco suscetíveis a análise. Nós as apreciamos apenas em seus efeitos. O que sabemos sobre elas, entre outras coisas, que são sempre para quem as possui, quando possuídas desordenadamente, uma fonte da mais viva alegria. Assim como um homem forte exulta em sua habilidade física, deleitando-se em tais atividades enquanto põe seus músculos em ação, um analista se glorifica naquela atividade intelectual com a qual desembaraça as coisas. Ele tira prazer até mesmo das mais triviais ocupações trazendo seu talento à baila. Ele aprecia enigmas, charadas, hieróglifos; exibindo nas soluções de cada um certo grau de perspicácia que chega a parecer sobrenatural para o senso comum. Seus resultados, obtidos por meio do espírito e da essência do método, têm, na verdade, um grande ar de intuição.

A faculdade da resolução de problemas é muito possivelmente revigorada por estudos matemáticos, especialmente por aquele ramo mais alto que, injusta e meramente devido a suas operações retrógradas, tem sido chamado, por excelência, de análise. Embora calcular não seja por si só analisar. Um jogador de xadrez, por exemplo, faz um sem o esforço do outro. Sabe-se que o jogo de xadrez, em seus efeitos sobre as faculdades mentais, é muito mal interpretado.

Não estou escrevendo um tratado, mas somente prefaciando um tipo de narrativa peculiar por observações bastante aleatórias. Irei, portanto, aproveitar para defender que os poderes mais elevados de um intelecto reflexivo são mais decididamente e utilmente empregados pelo humilde jogo de damas do que pela frivolidade do xadrez. Nesse último, em que as peças têm movimentos diferentes e bizarros, com variados valores, o que é apenas complexo é erroneamente tomado (não raramente) por profundo. Aqui devemos chamar a atenção vigorosamente. Se se cansa por um instante, um equívoco pode ser cometido e resultar em dano ou derrota. Se os movimentos possíveis não forem variados nem intrincados, as chances de tais equívocos são multiplicadas; em nove de cada dez casos quem vence é o jogador mais concentrado do que o mais perspicaz. No jogo de damas, pelo contrário, em que os movimentos são únicos e têm pouca variação, as probabilidades de imprudência são menores, e se a mínima atenção não for empregada, as vantagens obtidas por qualquer um dos jogadores são conseguidas através de perspicácia. Para ser menos abstratos, suponhamos um jogo de damas em que as peças sejam reduzidas a quatro reis e onde, claro, nenhum equívoco seja esperado. É óbvio que a aqui a vitória pode ser decidida (estando os jogadores em iguais condições) apenas por algum movimento *recherché*,[3] resultado de um grande esforço intelectual. Desprovido de recursos comuns, o analista se joga no espírito do seu oponente, se identifica com ele, e não sem frequência vê, assim, de uma vez, os únicos métodos (às vezes, de fato, absurdamente simples)

---

3   Francês: "pesquisado, estudado".

pelos quais ele o pode seduzir ao erro ou conduzi-lo a um movimento mal calculado.

O uíste[4] há muito tempo vem sendo notado por sua influência sobre o que se chama de poder de cálculo, e homens do mais alto degrau de inteligência são conhecidos por virem obtendo um prazer inenarrável ao jogá-lo, enquanto evitam a frivolidade do xadrez. Não há dúvida de que não existe nada de natureza similar envolvendo tão grandemente a faculdade da análise. O melhor jogador de xadrez da cristandade pode ser um pouco mais do que o melhor jogador de xadrez, mas ser proficiente em uíste implica uma capacidade para o sucesso em todas as importantes incumbências em que a mente luta com ela própria.

Quando digo proficiência, quero dizer a perfeição no jogo a ponto de compreender todas as fontes de onde se pode obter uma vantagem legítima. Essas não são apenas variadas, mas multiformes, e se encontram frequentemente naqueles recantos do pensamento completamente inacessíveis à compreensão comum. Observar atentamente é lembrar-se nitidamente. E, até agora, o jogador de xadrez bem focado se sairia muito bem no uíste, enquanto as regras de Hoyle[5] (elas mesmas baseadas no mero mecanismo do jogo) são, em geral,

---

4 Jogo de cartas de duas duplas, considerado o ancestral do bridge.
5 Edmond Hoyle (1672-1769), escritor inglês conhecido por seus trabalhos sobre regras de jogos de cartas.

suficientemente compreensíveis. Assim, possuir excelente memória e jogar conforme as regras são pontos comumente considerados como o resumo de jogar bem. Mas é no que está além dos limites de simples regras que a habilidade do analista é evidenciada. Ele realiza, em silêncio, um número grande de observações e inferências. Então, talvez, seus companheiros também o façam. Mas a diferença no escopo da informação obtida recai não muito sobre a validade da inferência, mas sobre a qualidade da observação. O conhecimento que se faz necessário é quanto ao que observar.

 Nosso jogador de modo algum se confina – não é porque o jogo é o objeto que ele rejeita deduções de coisas externas ao jogo. Ele examina as feições de seus oponentes. Ele considera o modo de separar as cartas em cada mão, com frequência contando cada trunfo, cada carta alta pelos olhares dos oponentes. Ele nota cada variação na face ao longo do jogo, reunindo uma base de pensamento das diferenças na expressão de certeza, surpresa, triunfo ou vergonha. Pela maneira de realizar uma manobra ele julga se a pessoa que a faz consegue encaixar outra na sequência. Ele reconhece quando se trata de dissimulação pelo jeito com que a carta é jogada sobre a mesa.

 Uma palavra casual ou inadvertida; deixar cair ou virar uma carta acidentalmente, junto com ansiedade e descuido quanto ao sigilo; a contagem das vazas, com a ordem em que foram arranjadas; embaraço, hesitação, avidez, trepidação – todas dão conta, para sua percepção aparentemente intuitiva, de indicações do verdadeiro estado das coisas. Após as primeiras duas ou três rodadas, ele tem domínio total do que está em cada mão e, a partir daí, joga suas cartas com absoluta precisão de propósito como se o resto do grupo tivesse tirado suas caras do jogo.

    O poder analítico não deveria ser confundido com ampla criatividade, pois, enquanto o analista é necessariamente engenhoso, o homem engenhoso é com frequência notavelmente incapaz de analisar. O poder construtivo ou combinatório, pelo qual a criatividade geralmente se manifesta – e que os frenologistas (penso que erroneamente) acreditam ser um órgão à parte, supondo ser uma faculdade primitiva –, muito frequentemente foi visto naqueles cujo intelecto se aproximava da idiotice, de forma a ter atraído a observação geral por parte de escritores da moral. Entre criatividade e habilidade analítica há uma diferença maior, de fato, do que a que existe entre a fantasia e a imaginação, mas de uma natureza muito estritamente análoga. Será descoberto, na verdade, que os criativos são sempre extravagantes e que os verdadeiramente imaginativos sempre se mostram analíticos.

    A narrativa que se segue irá parecer ao leitor mais clara se levar em consideração os comentários até aqui expostos.

Morando em Paris durante a primavera e parte do verão de 18--[6], conheci *monsieur* C. Auguste Dupin. Esse jovem cavalheiro era de uma família excelente, na verdade ilustre, mas por uma série de eventos desafortunados, acabou em uma tal pobreza que sucumbiu a energia de sua natureza e ele parou de enfrentar o mundo e preocupar-se em reaver sua fortuna. Por cortesia de seus credores, ainda havia em sua posse uma pequena sobra de seu patrimônio, e, sobre a renda que dele advinha, ele conseguiu, com rigorosa economia, obter o necessário para viver, sem se preocupar com o que era supérfluo. Livros, na verdade, eram seu único luxo, e em Paris são facilmente obtidos.

Nosso primeiro encontro foi em uma livraria obscura na Rua Montmartre, onde o que nos reuniu foi o fato de que estávamos ambos em busca de um mesmo raríssimo e muito notável volume. Nos vimos novamente repetidas vezes. Eu estava profundamente interessado na história familiar que ele detalhou para mim com toda a candura que um francês se permitiria quando ele mesmo era o assunto. Fiquei também atônito diante da vasta extensão de suas leituras. E, acima de tudo, senti minha alma acesa dentro de mim pelo fervor violento e frescura vívida de sua imaginação. Buscando em Paris os objetos que eu buscava, senti que a companhia de

---

6   No original, o autor deixa o ano em aberto. (N. do T.)

tal homem seria para mim um tesouro de inestimável valor, e esse sentimento eu francamente devia a ele. Finalmente foi combinado de morarmos juntos durante minha estadia na cidade. E como minha situação financeira era de certa forma menos embaraçosa que suas próprias, fiquei encarregado do aluguel e da mobília em um estilo que se adequasse à obscuridade fantasmagórica do nosso temperamento comum, uma mansão grotesca e consumida pelo tempo, há tempos abandonada por superstições sobre as quais não inquirimos, e quase caindo aos pedaços em uma região afastada e desolada de Faubourg St.-Germain.

Se o mundo soubesse da rotina de nossa vida nesse lugar, teríamos sido tomados por loucos – embora, talvez, loucos de natureza inofensiva. Nossa reclusão era perfeita. Não admitíamos visitantes. De fato, a localização de nosso retiro foi cuidadosamente mantida em segredo de nossos antigos companheiros, e já fazia tempo que Dupin havia deixado de ser conhecido em Paris. Só existíamos para nós mesmos.

Foi um capricho de fantasia de meu amigo (do que mais eu poderia chamar?) estar apaixonado pela noite para o bem dela mesma; e essa bizarrice, assim como outras, dele eu herdei, me entregando a seus caprichos extravagantes com perfeito abandono. A lúgubre divindade não estaria sempre conosco, mas podíamos forjar sua presença. Ao primeiro amanhecer, nós fechamos todas os sujos postigos do nosso prédio velho, deixando umas velas acesas que perfumavam fortemente o ambiente, deixando sair apenas os mais sinistros e fracos raios. Com essa ajuda, ocupamos então nossas almas com sonhos – lendo, escrevendo e conversando até sermos avisados pelo relógio da chegada da escuridão completa. Então saíamos às ruas de braços dados, continuando os assuntos do dia ou vagando a esmo por toda parte, procurando, em meio a luzes alucinantes e sombras da cidade populosa aquela infinidade de excitação mental que uma observação silenciosa pode propiciar.

Em tais tempos, eu não podia evitar notar e admirar (por sua rica imaginação eu podia esperar por isso) uma habilidade analítica peculiar em Dupin.

Parecia também que ele sentia um ávido prazer com esse exercício – se não exatamente na demonstração – e não hesitava em confessar o prazer dali obtido. Ele se gabava para mim, com uma risadinha baixa, de que podia ler os sentimentos da maioria dos homens, e de que era costume seguir tais imposições por provas espantosas e diretas de seu íntimo conhecimento do meu sentimento. Seus modos nessas horas eram frígidos e abstratos; seus olhos tinham uma expressão vaga; enquanto sua voz, normalmente de um rico tenor, se tornava aguda de forma que soava petulante, por ser deliberada e totalmente nítida em sua enunciação. Observando-o nesses estados de humor, eu acabava recaindo meditativamente sobre a filosofia da alma bipartida e me divertia ao fantasiar a existência de um Dupin duplo – o criativo e o investigativo.

Não se deve supor, com base no que eu acabei de dizer, que estou detalhando algum mistério, ou escrevendo um romance. O que eu descrevi no francês foi simplesmente o resultado de uma inteligência entusiasmada ou mesmo patológica. Mas um exemplo ajudará a passar a ideia da natureza desses comentários no período em questão.

Estávamos passeando uma noite por uma rua suja e comprida na vizinhança do Palácio Real. Como ambos estávamos, aparentemente, absortos em pensamentos, nenhum de nós falou uma palavra por pelo menos quinze minutos. De repente, Dupin disparou estas palavras:

— É um camarada muito pequeno, é verdade, e estaria melhor no *Théâtre des Variétés*.[7]

— Não há dúvida – respondi inconscientemente, e sem primeiro observar (de tanto que estava afundado em reflexões) a extraordinária maneira com que sua fala fez coro com meus pensamentos. Um instante após voltei a mim e minha surpresa era profunda.

---

7 Francês: Teatro de Variedades. Teatro e casa de espetáculos de Paris, declarado monumento histórico em 1975.

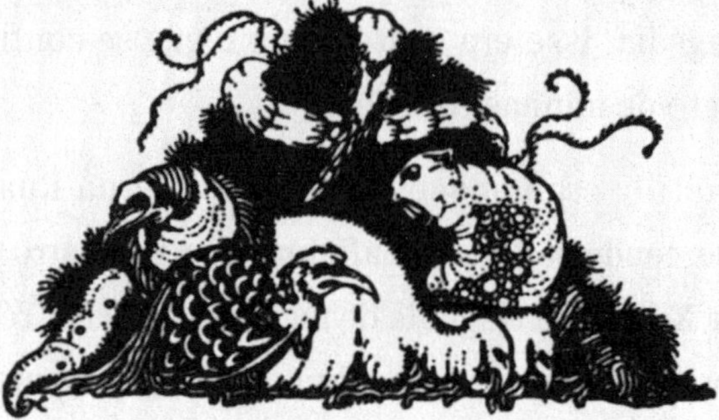

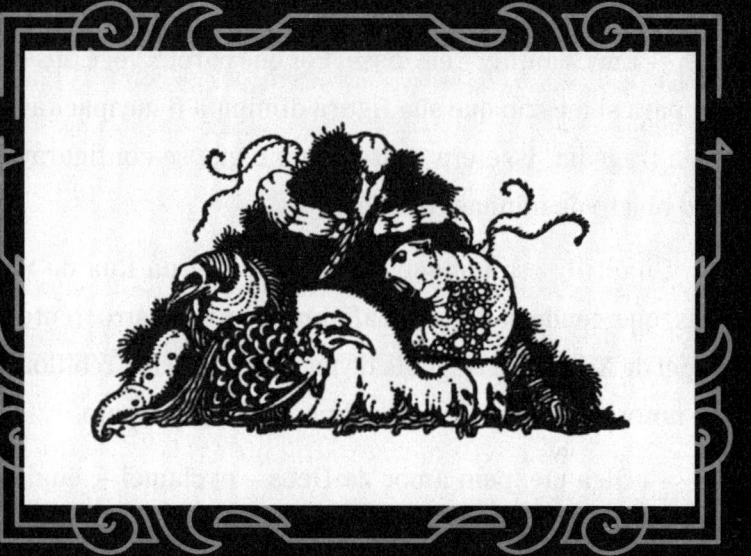

— Dupin – falei, sério – isso está além da minha compreensão. Não hesito em admitir que estou impressionado e que mal posso confiar nos meus sentidos.

Como foi possível que você soubesse que eu estava pensando em ---?[8] – Pausei para deixar uma dúvida se ele sabia mesmo em quem eu pensava.

— Em Chantilly – ele disse. Por que parou? Você observava para si mesmo que sua figura diminuta o incapacitava para a tragédia. Isso era exatamente o que se configurava como objeto de minhas reflexões.

Chantilly era um sapateiro *quondam*[9] da Rua de St. Denis, que, tendo se tornado aficionado pelo teatro, tentou o papel de Xerxes na tragédia de mesmo nome de Crébillon[10] e foi notoriamente ridicularizado por seu sofrimento.

— Diga-me, pelo amor de Deus – exclamei –, qual o método, se há algum, pelo qual conseguiu penetrar minha alma desse jeito.

Eu estava, na verdade, muito mais assustado do que teria conseguido expressar.

— Foi o vendedor de frutas – respondeu meu amigo –

---

8   O autor não menciona o nome da pessoa. (N. do T.)
9   Latim: "antigo".
10 Prosper Jolyot de Crébillon (1674-1762) foi um poeta trágico francês.

que te fez concluir que o consertador de solas não estava à altura de Xerxes *et id genius omne*.[11]

— O vendedor de frutas! Você me surpreende. Não conheço nenhum vendedor de frutas.

— O homem que esbarrou em você enquanto entrava na rua; deve ter sido quinze minutos atrás.

Agora eu me lembro que, de fato, um vendedor de frutas, carregando sobre sua cabeça um cesto grande de maçãs, quase havia me derrubado por acidente quando passávamos da Rua C--- para a via onde estávamos, mas o que isso tinha a ver com Chantilly eu não conseguia entender.

Não havia uma partícula sequer de *charlatanerie*[12] em Dupin.

— Explicarei – ele disse – e, para que você compreenda tudo claramente, primeiramente iremos reconstituir o curso de suas meditações, do momento em que falei com você até aquele do *recontre*[13] com o vendedor de frutas em questão.

O grande elo nessa corrente fica assim: Chantilly, Órion, Dr. Nichols, Epicuro, estereotomia, as pedras da rua, o vendedor de frutas.

---

11 Latim: "e todos os de seu gênero".
12 Francês: "charlatanice".
13 Francês: "encontro".

Apenas algumas poucas pessoas, não se divertiram, em algum momento de suas vidas, ao refazer os passos pelos quais chegaram a alguma conclusão. A tarefa é sempre repleta de interesse e aquele que tenta pela primeira vez fica espantado pela aparente distância ilimitada e incoerência entre o ponto de partida e o objetivo. Qual não foi, então, minha surpresa quando ouvi o que o francês acabara de falar e que não havia como não reconhecer que se tratava da verdade. Ele continuou:

— Falávamos de cavalos, se me lembro bem, bem antes da Rua C---. Foi o último assunto que discutimos. Quando entrávamos nessa rua, um vendedor de frutas, com um grande cesto sobre a cabeça, passando por nós apressado, te empurrou sobre uma pilha de pedras para pavimentação reunidas em um canto onde o passadiço está sendo recapeado. Você pisou em um desses fragmentos soltos, escorregou, torceu seu tornozelo levemente, pareceu amuado e emburrado, resmungou umas poucas palavras, olhou de novo para a pilha de pedras, e depois permaneceu em silêncio. Eu não estava particularmente atento ao que você fez, mas a observação tem se tornado ultimamente uma espécie de necessidade para mim.

— Você manteve seus olhos sobre o chão, encarando, com uma expressão petulante, os buracos e sulcos no pavimento (tanto que percebi que estava ainda pensando nas pedras), até que chegamos à pequena viela chamada Lamartine, que foi pavimentada, de forma experimental, com blocos sobrepostos e rebitados. Aqui, seu rosto se iluminou e percebi seus lábios se moverem, eu não duvidava que você pronunciava a palavra "estereotomia" sem ter sido levado a pensar sobre atomia e assim nas teorias de Epicuro; e desde quando discutimos esse assunto não muito antes, eu mencionei quão singularmente, embora com pouca observação, as vagas suposições do nobre grego tinham encontrado confirmação na recente cosmogonia nebular, senti que você não podia evitar lançar seu olhar para a grande nebulosa em Órion, e eu certamente esperava que você o fizesse. Você olhou para cima, e agora eu tinha certeza de que tinha seguido seus passos corretamente. Mas aquela crítica amarga a Chantilly, que apareceu no *Musée* de ontem, fazendo alusões deploráveis à troca de nome do sapateiro ao adotar as botas de atores de tragédias, citou uma frase latina que eu sempre falei. Me refiro a este trecho: *Perdidit antiquum litera prima sonum*.[14]

Eu havia dito que isso se referia a Órion, que antigamente se escrevia Urion; e de algumas pungências ligadas a essa explicação, achei que você não teria esquecido. Estava claro, portanto, que você ligaria a ideia de Órion a Chantilly.

---

14 Latim: "Perdeu, desde a Antiguidade, o som da primeira letra".

Que você de fato os relacionou eu vi pela natureza do sorriso que estampou seus lábios. Você pensou na imolação do pobre sapateiro. Até aqui, você vinha meio cabisbaixo, mas agora eu via que você se erguia na sua máxima estatura. Tive, então, a certeza de que refletia sobre a diminuta figura de Chantilly. Nesse ponto, interrompi suas meditações para lembrar que esse pequeno camarada, de fato, o tal Chantilly, ficaria melhor no *Théâtre des Variétés*.

Não muito depois disso, estávamos dando uma olhada numa edição da *Gazette des Tribunaux*,[15] quando os seguintes parágrafos captaram nossa atenção.

"ASSASSINATOS EXTRAORDINÁRIOS – Nesta manhã, por volta das três horas, os habitantes do Quartier St.-Roch foram acordados por uma sucessão de terríveis gritos, vindos, aparentemente, do quarto andar de uma casa na Rua Morgue, conhecida por ser habitada exclusivamente por *Madame*[16] L'Espanaye e sua filha *Mademoiselle*[17] Camille L'Espanaye. Depois de alguma demora, gerada por uma tentativa em vão de obter acesso de uma maneira usual, a porta de entrada foi quebrada com um pé de cabra,

---

15 Jornal parisiense na área jurídica que circulou entre 1851 e 1955.
16 Francês: "senhora".
17 Francês: "senhorita".

e oito ou dez vizinhos entraram acompanhados por dois *gendarmes*.[18] A essa hora, os gritos haviam parado, mas enquanto o grupo se apressava em subir os primeiros lances de escadas, duas ou mais vozes roucas em raivosa discórdia se distinguiam e pareciam vir da parte de cima da casa. Ao alcançar o segundo andar, esses sons também haviam parado e tudo parecia perfeitamente silencioso. O grupo se separou e se apressou a percorrer cada cômodo. Ao chegar a um grande quarto aos fundos no quarto andar (cuja porta, encontrada trancada com a chave pelo lado de dentro, foi arrombada) um espetáculo se apresentava de forma a horrorizar todos os presentes com espanto.

"O recinto estava na mais selvagem desordem – mobília quebrada e espalhada em todas as direções. Havia apenas uma armação de cama, da qual a cama havia sido removida e jogada no meio do chão. Sobre uma cadeira repousava uma lâmina, lambuzada de sangue. Na lareira havia duas ou três longas e grossas mechas de cabelo humano grisalho, também sujas de sangue e parecendo terem sido arrancadas pelas raízes. Sobre o chão foram encontrados quatro Napoleões,[19] um brinco de topázio,

---

18 Francês: soldados, responsáveis por zelar pela ordem e segurança.
19 Antiga moeda francesa de prata equivalente a cinco francos.

três grandes colheres de prata, três colheres menores de *métal d'Alger* e duas bolsas contendo quase quatro mil francos em ouro. As gavetas de uma escrivaninha que ficava em um dos cantos estavam abertas e haviam sido, aparentemente, saqueadas, embora ainda contivessem muitos objetos. Um pequeno cofre de ferro foi encontrado embaixo da cama (não embaixo da armação). Estava com a chave ainda na porta. Não continha mais do que umas poucas cartas antigas e outros papéis de pouco impacto.

"De *Madame* L'Espanaye nenhum rastro foi aqui encontrado, mas uma quantidade incomum de fuligem foi observada na lareira, uma busca foi realizada na chaminé e (o que é horrível de relatar!) o corpo da filha, com a cabeça para baixo, foi arrastado até lá, tendo sido assim forçado em uma abertura estreita por considerável distância. O corpo ainda se encontrava morno. Ao examiná-lo, muitas escoriações foram constatadas, sem dúvida ocasionadas pela violência com a qual foi empurrado e desconjuntado. Sobre a face havia muitos severos arranhões e, sobre a garganta, hematomas escuros e profundas marcas de unhas, como se a falecida tivesse sido estrangulada até a morte.

"Após vasculhar completamente cada porção da casa, sem descobrir muito mais, a comitiva se posicionou em um pequeno quintal pavimentado nos fundos da casa, onde jazia o corpo da velha senhora, com sua garganta severamente cortada, ao ponto de sua cabeça cair ao tentarem levantar o cadáver. O corpo, assim como a cabeça, estava assustadoramente mutilado, tanto que mal se assemelhava a uma forma humana.

"Para esse horrível mistério não há ainda, acreditamos, a menor pista."

O jornal do dia seguinte trazia estas informações adicionais.

"A Tragédia da Rua Morgue – Muitos indivíduos foram interrogados quanto a esse mais que extraordinário e terrível caso. [*A palavra 'caso' ainda não tinha na França a frivolidade de sentido que ela transmite hoje*]", mas não houve nada que sequer deixasse escapar uma luz sobre a questão. Damos abaixo todos os depoimentos colhidos.

"Pauline Dubourg, lavadeira, declara que conhecia ambas as falecidas havia três anos, tendo lavado roupas para elas durante esse período. A velha senhora e a filha pareciam ter um bom relacionamento, muito afetuosas uma com a outra. Pagavam muito bem. Não soube falar sobre seus ganhos e fonte de renda. Acreditava que a Madame L. ganhava a vida como cartomante. Acreditava-se que guardava dinheiro. Nunca encontrava ninguém na casa quando entregava as roupas ou as levava para casa. Tinha certeza de que elas não tinham nenhum empregado na casa. Parecia não haver nenhuma mobília na casa, exceto no quarto andar.

"Pierre Moreau, vendedor de tabaco, declara que habitualmente vendeu pequenas quantidades de tabaco e rapé para *Madame* L'Espanaye por quase quatro anos. Nasceu na vizinhança e sempre morou lá. A falecida e a filha haviam ocupado a casa em que os cadáveres foram encontrados por mais de seis anos. Antigamente a casa havia sido ocupada por um joalheiro, que sublocava os quartos de cima para várias pessoas. A casa era propriedade de *Madame* L. Ela ficou insatisfeita com o uso abusivo do imóvel pelo locatário e se mudou para lá ela mesma, se recusando a alugar qualquer outra parte. A velha senhora era infantil. A testemunha havia visto a filha umas cinco ou seis vezes nesses seis anos. As duas viviam de forma excessivamente reclusa. Acreditava-se que tinham dinheiro. Tinha ouvido falar entre os vizinhos que *Madame* L. lia cartas – não acreditava. Nunca havia visto qualquer pessoa passar pela porta exceto a senhora e sua filha, um carregador uma ou duas vezes e um médico umas oito ou dez vezes.

"Muitas outras pessoas, vizinhos, testemunharam

o mesmo. Não foi mencionado ninguém que frequentasse a casa. Não se sabia se havia algum parente vivo de *Madame* L. e sua filha. Os postigos das janelas da frente raramente ficavam abertos. Os de trás estavam sempre fechados, com exceção do grande quarto ao fundo, quarto andar. A casa era boa – não muito velha.

"Isidore Muset, *gendarme*, declara que foi chamado à casa por volta das três da manhã e encontrou vinte ou trinta pessoas na entrada, lutando para obter passagem. Forçou a porta, finalmente, com uma baioneta – não com um pé de cabra. Teve pouca dificuldade em abri-la, pelo fato de ser um portão sanfonado e não estar trancado nem em cima nem embaixo. Os gritos continuaram até o portão ser forçado – então de repente pararam. Pareciam ser gritos de alguma pessoa (ou pessoas) em grande agonia – eram longos e prolongados, não curtos e rápidos. A testemunha subiu as escadas. Ao alcançar o primeiro lance, ouviu duas vozes em alto e raivoso conflito – uma voz era rouca; a outra, muito mais aguda, uma voz muito estranha. Podia distinguir algumas palavras da primeira, que era de um francês. Ele tinha certeza de que não era a voz de uma mulher. Pode distinguir as palavras *sacré* e *diable*.[20] A voz aguda era de um estrangeiro. Não tinha certeza se era a voz de um homem ou de uma mulher, mas

---

20 Francês: "sagrado" e "diabo".

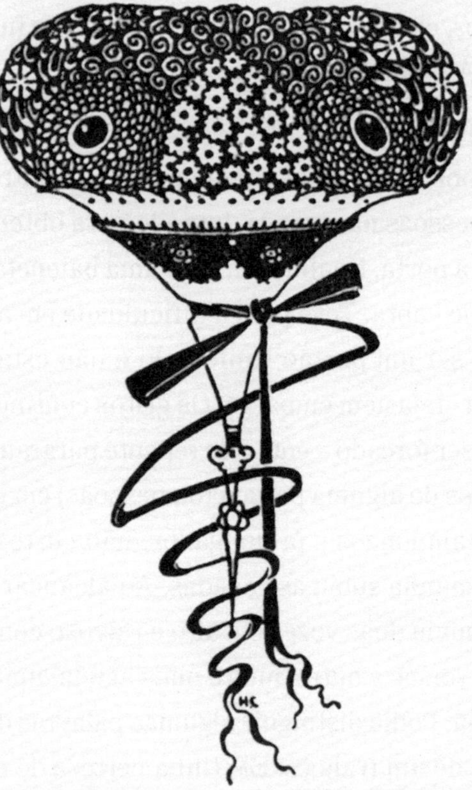

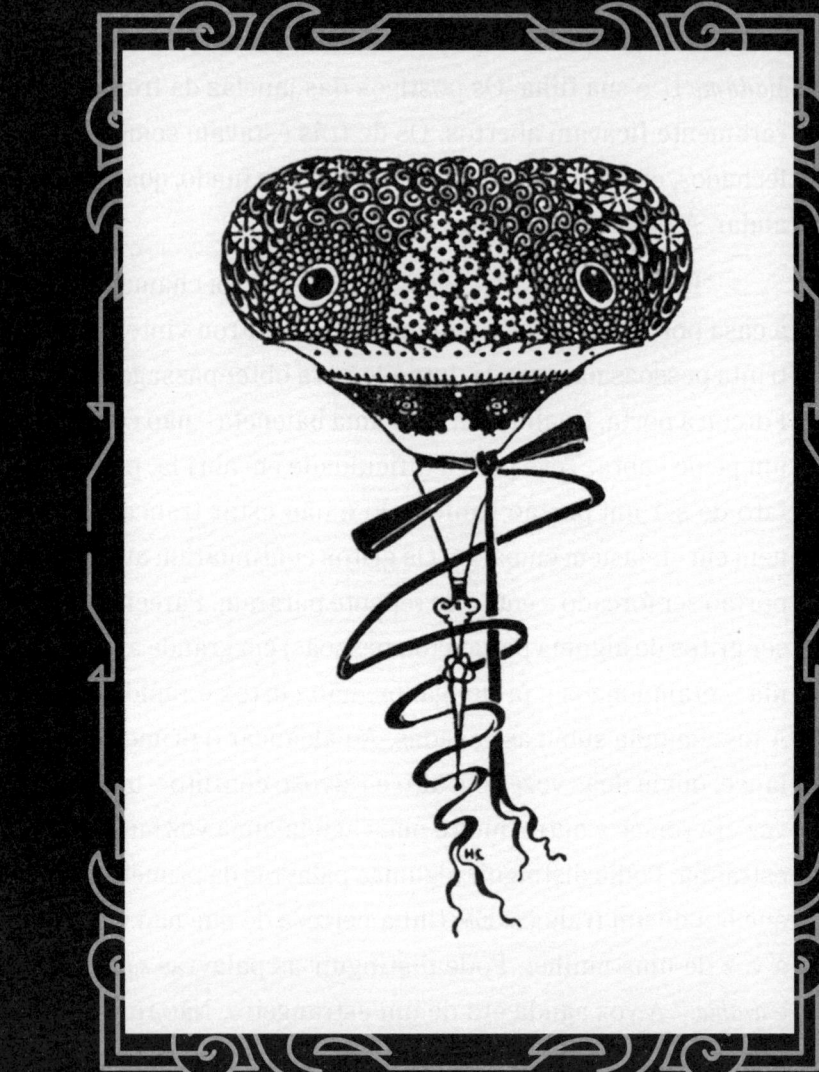

achava que a língua era espanhol. O estado do quarto e dos corpos foi descrito por essa testemunha da forma que descrevemos ontem.

"Henry Duval, um vizinho, ferreiro de profissão, declara que era um do grupo que primeiro adentrou a casa. Corrobora o testemunho de Muset em geral. Assim que forçaram a entrada, fecharam a porta novamente, para manter fora a multidão, que se reuniu muito rapidamente, não obstante o avançado da hora. A voz aguda, essa testemunha acha, era de um italiano. Tinha certeza de que não era de um francês. Não estava certo se era voz de homem. Podia ser de uma mulher. Não era familiarizado com a língua italiana. Não sabia distinguir as palavras, mas estava convencido de que a entonação do falante era de italiano. Conhecia *Madame* L. e sua filha. Conversava com ambas com frequência. Tinha certeza de que a voz aguda não era de nenhuma das falecidas.

"--- Odenheimer[21], dono de restaurante. Essa testemunha se voluntariou. Por não falar francês, foi auxiliado por um intérprete. É cidadão de Amsterdã. Passava pela casa na hora dos gritos. Eles duraram muito minutos – provavelmente dez. Eram longos e altos – horríveis e perturbadores. Ele foi um dos que entraram na casa.

---

21 Poe não menciona o primeiro nome da testemunha. Usa tracinhos (N. do T.)

Corrobora o depoimento anterior em todos os aspectos, exceto um. Tem certeza de que a voz aguda era de um homem – um francês. Não pode distinguir as palavras pronunciadas. Foram altas e rápidas – irregulares – faladas aparentemente sob medo, mas também raiva. A voz era dura – não tão aguda, mas dura. Não podia dizer que era uma voz aguda. A voz rouca repetia 'sacré', 'diable' e uma vez 'mon Dieu'.[22]

"Jules Mignaud, banqueiro, da empresa Mignaud et Fils, Rua Deloraine. É o mais velho Mignau. *Madame* L'Espanaye possuía alguns bens. Havia aberto uma conta em seu banco na primavera do ano ---- (oito anos antes). Fazia frequentes depósitos em pequenas quantidades. Nunca havia controlado nada até três dias antes de sua morte, quando sacou pessoalmente a quantia de quatro mil francos. A soma foi paga em ouro, e um funcionário levou o dinheiro em casa.

"Adolphe Le Bon, funcionário da Mignaud et Fils, declara que no dia em questão, por volta de meio-dia, ele acompanhou *Madame* L'Espanaye a sua residência com os quatro mil francos, divididos em duas sacolas. Ao ser aberta a porta, *Mademoiselle* L. apareceu e tomou uma das sacolas de suas mãos enquanto a velha senhora

---

22 Francês: "meu Deus".

pegava a outra. Ele então fez uma saudação e partiu. Não viu ninguém na rua naquela hora. É uma rua secundária, muito deserta.

"William Bird, alfaiate, declara que era um da comitiva que primeiro adentrou a casa. É inglês. Mora em Paris há dois anos. Foi um dos primeiros a subir as escadas. Ouviu as vozes em conflito. A voz rouca era de um francês. Pode decifrar algumas palavras, mas não consegue se lembrar de todas agora. Ouviu nitidamente 'sacré' e 'mon Dieu'. Houve um som no momento como se fossem várias pessoas brigando – som de rangido e de luta. A voz aguda era muito alta – mais alta que a rouca. Teve certeza de que a voz não era de um inglês. Parecia ser de um alemão. Pode ter sido de uma mulher. Não entende alemão.

"Quatro das testemunhas acima mencionadas, ao serem convocadas novamente, declararam que a porta do quarto no qual foi encontrado o corpo de *Mademoiselle* L. estava trancada por dentro quando o grupo chegou. Tudo estava em perfeito silêncio – nenhum gemido ou barulho de qualquer tipo. Depois de terem forçado a porta, não viram ninguém. As janelas, tanto do quarto da frente quanto do fundo, estavam abaixadas e firmemente trancadas por dentro. A porta entre os dois quartos estava fechada, mas não trancada. A porta que levava do quarto da frente para o corredor estava trancada, com a chave por dentro. Um pequeno quarto na frente da casa, no quarto andar, no final do corredor, estava destrancado, com a porta entreaberta. Esse quarto estava lotado de camas velhas, caixas e outros objetos. Eles foram cuidadosamente removidos e vasculhados. Não houve um centímetro sequer da casa que não tivesse sido vasculhado. Varreduras foram conduzidas para cima e para baixo nas chaminés. A casa tinha quatro andares, com sótãos (mansardas). Uma porta de alçapão no teto estava afixada muito seguramente – parecia não ser aberta havia anos. O tempo que se passou do ouvir das vozes em conflito e o arrombamento da porta do quarto foi relatado de maneiras diferentes pelas testemunhas. Alguns consideram curto, como três minutos – outros, mais longo, como cinco. A porta foi aberta com dificuldade.

"Alfonzo Garcio, agente funerário, declara que reside na Rua Morgue. É natural da Espanha. Foi um do grupo que entrou no prédio. Não subiu as escadas. Está nervoso e ficou apreensivo quanto às consequências de toda a agitação. Ouviu as vozes em conflito. A voz rouca era de um francês. Não soube distinguir o que foi dito. A voz aguda era de um inglês – está certo disso. Não conhece a língua inglesa, mas julga pela entonação.

"Alberto Montani, confeiteiro, declara que estava

entre os primeiros a subir as escadas. Ouviu as vozes em questão. A rouca era de um francês. Distinguiu várias palavras. O falante parecia estar protestando. Não soube decifrar as palavras da voz aguda. Falava rápido e de forma irregular. Acha que é a voz de um russo. Corrobora os testemunhos em geral. É italiano. Nunca conversou com um nativo da Rússia.

"Muitas testemunhas, depondo novamente, atestaram que as chaminés de todos os cômodos no quarto andar eram muito estreitas para permitir a passagem de um corpo humano. Por 'varreduras' entenda-se vassouras, como as que são usadas por quem limpa as chaminés. Essas vassouras foram passadas para cima e para baixo em cada duto da casa. Não há nenhuma passagem por atrás pela qual alguém pudesse ter descido enquanto a comitiva subia as escadas. O corpo de *Mademoiselle* L'Espanaye foi tão firmemente forçado na chaminé que não foi puxado para baixo até que quatro ou cinco homens unissem suas forças.

"Paul Dumas, médico, declara que foi chamado para examinar os corpos ao amanhecer. Ambos estavam deitados na aniagem da armação da cama no quarto onde *Mademoiselle* L. foi encontrada. O cadáver da jovem estava cheio de hematomas e muito escoriado. O fato de que ele havia sido empurrado para cima na chaminé já seria suficiente para justificar essa aparência. A garganta foi muito esfolada. Havia muitos arranhões profundos bem abaixo do queixo, junto com uma série de marcas lívidas que eram evidentemente as impressões digitais. O rosto estava assustadoramente descorado e os globos oculares, saltados. A língua havia sido parcialmente mordida. Um grande ferimento foi descoberto sobre buraco do estômago, causado, aparentemente, pela pressão de um joelho. Na opinião de *Monsieur*[23] Dumas, *Mademoiselle* L'Espanaye fora asfixiada até a morte por uma ou mais pessoas desconhecidas. O corpo da mãe foi horrivelmente mutilado. Todos os ossos da perna e do braço direitos foram mais ou menos estilhaçados. A tíbia esquerda estava bastante esfacelada, assim como as costelas do lado esquerdo. O corpo todo pavorosamente ferido e descorado. Não era possível dizer como as lesões foram infligidas. Um pesado taco de madeira, ou uma comprida barra de ferro, uma cadeira – qualquer arma grande, pesada e obtusa poderia ter causado tais resultados, se empunhada pelas mãos de um homem bastante forte. Nenhuma mulher poderia ter infligido os golpes com qualquer arma. A cabeça da falecida, quando vista pela testemunha, estava totalmente

---

23 Francês: "senhor".

separada do corpo, também estava bastante estilhaçada. A garganta havia evidentemente sido cortada com um instrumento pontiagudo – provavelmente uma lâmina.

"Alexandre Etienne, cirurgião, foi chamado com M. Dumas para examinar os corpos. Corroborou o testemunho e as opiniões de M. Dumas.

"Nada mais importante foi extraído, embora muitas outras pessoas tivessem sido interrogadas. Um assassinato tão misterioso e tão intrigante em suas particularidades nunca houvera sido cometido em Paris – talvez em lugar nenhum. A polícia é totalmente culpada – uma ocorrência inusitada dessa natureza. Não há, entretanto, qualquer pista aparente."

A edição vespertina do jornal dizia que um grande alvoroço continuava no Quartier St.-Roch – que o local fora cuidadosamente vasculhado de novo, e novos interrogatórios às testemunhas haviam sido instituídos, mas tudo sem nenhum resultado. Um posfácio, no entanto, mencionava que Adolphe Le Bon havia sido detido e encarcerado, apesar de nada parecer incriminá-lo, além dos fatos já detalhados.

Dupin parecia especialmente interessado no progresso desse caso – pelo menos foi o que julguei pelas suas maneiras, já que não fez nenhum comentário. Apenas depois do anúncio da prisão de Le Bon que ele quis saber minha opinião a respeito dos assassinatos.

Tudo que eu podia fazer era concordar com Paris inteira ao considerá-los um mistério insolúvel. Não conseguia enxergar uma maneira pela qual seria possível chegar ao assassino.

— Não devemos julgar os meios – disse Dupin – pela investigação em sua superficialidade. A polícia parisiense, muito exaltada por sua perspicácia, é astuta, mas não mais que isso. Não há método em seus procedimentos, além do que está sendo empregado no momento. Eles desfilam uma vasta gama de medidas, mas não raramente elas são tão mal adaptadas aos objetivos em questão a ponto de nos recordarmos da famosa frase de *Monsieur* Jourdain pedindo para trazerem seu *robe-de-chambre – pour mieux entendre la musique*.[24] Os resultados obtidos por eles costumam ser surpreendentes, mas em sua maior parte decorrem de diligências e ações simples. Quando essas ações são infrutíferas, seus esquemas falham. Vidocq,[25] por exemplo, tinha um bom instinto e era persistente. Mas sem um pensamento treinado, ele errou continuamente

---

24 Monsieur Jourdain é personagem da peça *O Burguês Fidalgo*, do dramaturgo francês Molière (Jean-Baptiste Poquelin, 1622-1673). O personagem se preocupa em ascender socialmente e na cena mencionada manda buscar seu roupão para que, com ele vestido, possa melhor escutar a música.
25 Eugène-François Vidocq (1775-1857), ex-criminoso que acabou sendo chefe de polícia de Paris. Inspirou escritores como Edgar Allan Poe, Honoré de Balzac, Victor Hugo e Arthur Connan Doyle.

pela grande intensidade de suas investigações. Ele comprometeu sua visão por manter o objeto muito próximo. Ele podia ver, talvez, um ou dois pontos com inusitada clareza, mas ao fazê-lo ele, necessariamente, perdia a visão do todo. Assim, existe de fato excesso de profundidade. A verdade não está sempre em um poço. Na verdade, no que tange o conhecimento mais importante, eu acredito piamente que ela é invariavelmente superficial. A profundeza está nos vales nos quais a procuramos e não no topo da montanha em que ela é encontrada. Os modos e fontes desse tipo de erro são bem tipificados na contemplação dos corpos celestes. Olhar para uma estrela de relance, olhá-la de um lado só ao voltar a ela a parte exterior da retina (mais suscetível a percepções frágeis de luz do que o interior) significa contemplar a estrela nitidamente, significa ter a melhor apreciação de seu brilho – um brilho que vai ficando fraco em proporção conforme voltamos nossa visão toda para ele. Um número maior de raios de fato recai sobre o olho no último caso, mas, no primeiro, existe uma capacidade mais refinada de compreensão. Por indevida profundidade, nós nos desorientamos e enfraquecemos o raciocínio; e aí se torna possível fazer até Vênus desaparecer do firmamento por um escrutínio sustentado, concentrado e direto demais. Quanto a esses assassinatos, examinemos nós mesmos, antes de formar uma opinião sobre eles. Uma investigação nos dará diversão [*eu achei estranho esse termo aqui usado, mas não disse nada*] e, além do mais, Le Bon uma vez me prestou um serviço pelo qual não sou ingrato. Nós iremos analisar o local com nossos próprios olhos. Eu conheço G---[26], o chefe de polícia, e não devo ter dificuldade em obter a necessária autorização.

A autorização foi obtida e nos dirigimos de uma vez para a Rua Morgue. Essa é uma daquelas terríveis vias que ficam entre a Rua Richelieu e a Rua St.-Roch. Já era final da tarde quando chegamos, já que esse bairro ficava a uma boa distância daquele em que morávamos. A casa foi rapidamente encontrada, pois ainda havia muitas pessoas observando os postigos fechados, com uma curiosidade desproposital, do lado oposto da rua. Era uma casa parisiense comum, com um portão que possuía uma guarita envidraçada em um dos lados, com uma placa móvel na janela, indicando *loge de concierge*.[27] Antes de entrar, subimos a rua, viramos numa viela e, então, virando novamente, passamos por trás da casa. Dupin, enquanto examinava a vizinhança toda, além da própria casa, prestava tão minuciosa atenção que eu não identificava o motivo.

Refazendo nossos passos, voltamos à frente da moradia, tocamos e, mostrando nossas credenciais, fomos admitidos

---

26 O autor não menciona o nome completo. (N. do T.)
27 Francês: "cabine do porteiro".

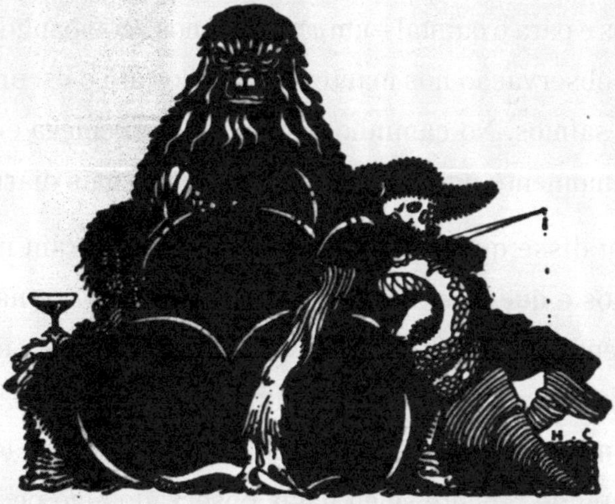

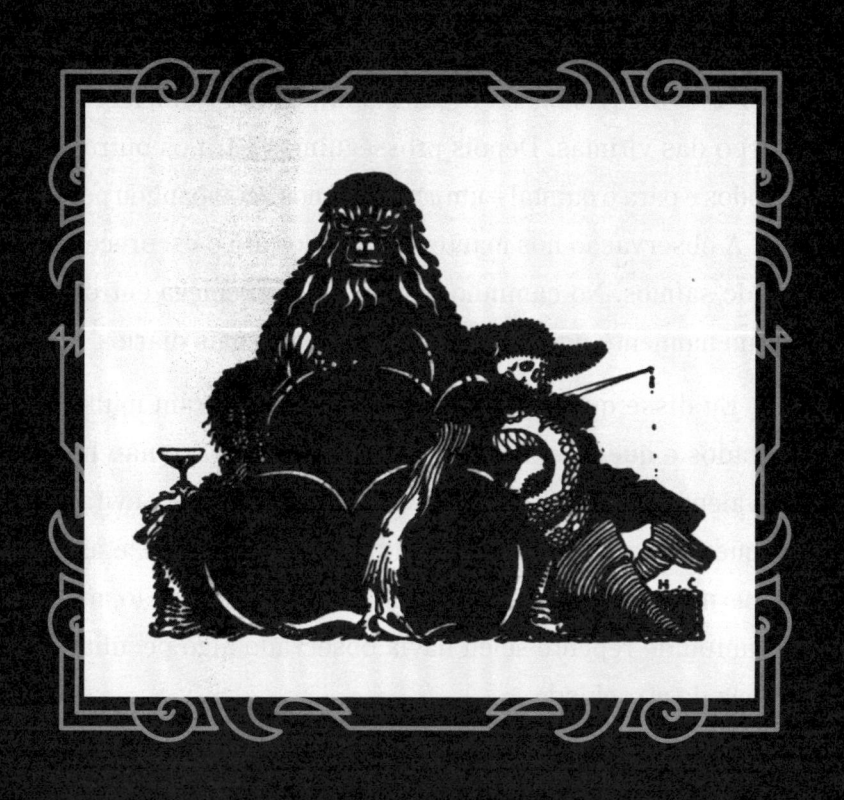

no prédio pelos agentes responsáveis. Subimos as escadas até o quarto onde o corpo de *Mademoiselle* L'Espanaye fora encontrado e onde ambas as falecidas ainda estavam. A desordem na sala havia sido deixada como fora encontrada, como de costume. Eu não vi nada além do que foi reportado pelo *Gazette des Tribunaux*. Dupin examinou tudo – inclusive o corpo das vítimas. Depois prosseguimos para os outros cômodos e para o quintal – um *gendarme* nos acompanhou por tudo. A observação nos manteve ocupados até o escurecer, quando saímos. No caminho para casa, meu colega entrou por um momento no escritório de um dos jornais diários.

Eu disse que os desejos de meu amigo eram multifacetados e que *je les ménagais*[28] – para essa frase não há equivalente em inglês. Ele estava disposto, agora, a evitar qualquer conversa sobre o assunto dos assassinatos, e assim permaneceu até o meio-dia do dia seguinte. Então, me perguntou de repente se eu havia observado algo peculiar na cena da atrocidade.

Havia algo no seu jeito de enfatizar a palavra "peculiar" que me fez estremecer, sem saber o porquê.

— Não, nada peculiar – eu disse. – Nada além, pelo menos, do que já lemos no jornal.

---

28 Francês: "Eu os administrava, pode-se entender como me adaptava a eles".

— O *Gazette* – ele respondeu – não entrou, eu receio, nos detalhes do horror inusitado da coisa. Mas descarte as opiniões inúteis que foram impressas. Me parece que esse mistério é considerado insolúvel pela mesma razão pela qual ele deveria ser tido como de fácil solução, quero dizer, pela natureza *outrê*[29] de suas características. A polícia se confundiu com a aparente falta de motivação – não com o crime em si, mas pela atrocidade do assassinato. Eles estão atordoados, também, pela aparente impossibilidade de conciliar as vozes ouvidas na discussão com o fato de que ninguém foi encontrado no andar superior, exceto *Mademoiselle* L'Espanaye, e de que não havia meios de sair sem ser notado pelo grupo que subia as escadas. A selvagem desordem do quarto, o corpo enfiado na chaminé com a cabeça para baixo, a medonha mutilação do corpo da velha senhora, essas considerações com as outras já mencionadas e outras que nem precisam ser foram suficientes para paralisar os poderes por meio da completa culpa da famosa esperteza dos agentes do governo. Eles caíram no erro grosseiro, mas comum de confundir o inusitado com o incompreensível. Mas é por esses desvios do plano comum que a razão encontra seu caminho, se é que encontra, na busca pela verdade. Em investigações como as que estamos conduzindo agora não deveria muito ser

---

29 Francês: "bizarra ou exagerada".

perguntado "o que aconteceu?", mas "o que aconteceu que nunca tinha acontecido antes?". Na verdade, a facilidade com que eu devo chegar, ou cheguei, à solução desse mistério é diretamente proporcional à sua aparente insolubilidade aos olhos da polícia.

Eu olhava para ele em muda estupefação.

— Estou esperando agora – ele continuou, olhando para a porta do nosso apartamento. – Estou esperando agora uma pessoa que, embora não seja o autor dessa carnificina, deve estar de alguma forma envolvido na sua perpetração. Da pior parte dos crimes cometidos é provável que ele seja inocente. Espero estar correto nessa suposição, pois é sobre ela que recai minha expectativa de solucionar o enigma todo. Aguardo o homem aqui – nesta sala – a qualquer momento. É verdade que ele pode não vir, mas é mais provável que venha. Se vier, será necessário detê-lo. Aqui estão os revólveres, e nós dois sabemos como usá-los se a ocasião demandar.

Peguei as armas, mal sabendo o que estava fazendo ou acreditando no que ouvia, enquanto Dupin seguia, quase como em um solilóquio. Eu já falei sobre seu jeito abstrato em tais momentos. Seu discurso era endereçado a mim, mas sua voz, embora não fosse alta, tinha aquela entonação que normalmente se emprega quando se fala com alguém a uma certa distância. Seus olhos, vazios em expressão, só fitavam a parede.

— Que as vozes discutindo – ele disse – ouvidas pelas pessoas subindo as escadas não eram vozes de mulheres foi totalmente comprovado pelas provas. Isso elimina toda a dúvida quanto à possibilidade de a senhora ter primeiro acabado com a filha e depois cometido suicídio. Falo desse aspecto basicamente por uma questão de método, pois a força de *Madame* L'Espanaye era totalmente incompatível com a tarefa de empurrar o cadáver de sua filha chaminé acima como foi encontrado. E a natureza dos ferimentos sobre ela mesma exclui completamente a ideia de autodestruição. O assassinato, assim, foi cometido por uma terceira parte, e as vozes dessa terceira parte é que foram as ouvidas na discussão. Deixe-me advertir não para todo o testemunho quanto a essas vozes, mas para o que havia de peculiar nos testemunhos. Você observou algo peculiar nisso?

Notei que, enquanto todas as testemunhas concordaram na suposição de que a voz rouca era de um francês, houve muita discórdia quanto à aguda ou, como uma delas chamou, à voz dura.

— Essa era a prova em si – ele disse –, mas não era a peculiaridade da prova. Você não observou nada de particular. Embora houvesse algo a ser observado. As testemunhas, como você bem nota, concordam sobre a voz rouca; elas foram unânimes. Mas quanto à voz aguda, a particularidade é, não que eles discordem, mas que quando um italiano, um inglês, um espanhol, um holandês e um francês tentaram descrevê-la, cada um falou dela como uma língua estrangeira. Todos têm certeza de que a voz não é de um conterrâneo seu. Cada um a compara não à voz de um indivíduo de sua nação cuja língua lhe é familiar, mas ao oposto. O francês supõe que seja a fala de um espanhol, e pode ter distinguido algumas palavras, pois conhecia um pouco da língua. O holandês mantém a opinião de que é de um francês, mas temos a declaração de que não entendendo o francês, essa testemunha foi interrogada por meio de um intérprete. O inglês acha que a voz é de um alemão, e ele não entende alemão. O espanhol tem certeza de que é a fala de um inglês, mas julga pela entonação tão somente, pois não tem conhecimento algum de inglês. O italiano acha que é a voz de um russo, mas nunca conversou com alguém da Rússia. Um segundo francês difere, além do mais, do primeiro e tem certeza de que a voz era de um italiano, mas não sendo conhecedor da língua, assim como o espanhol, está convencido pela entonação. Então, quão estranhamente diferente deve ser essa voz sobre a qual tal testemunho pode ser extraído! Em cujo tom mesmo habitantes das cinco grandes nações europeias não puderam reconhecer nada de familiar! Você pode dizer que deve ter sido a voz de um asiático ou africano. Não há muitos nem asiáticos nem africanos em Paris, mas sem negar essa dedução, irei agora chamar sua atenção para três pontos. A voz é classificada por uma testemunha como "mais dura do que aguda". Duas outras dizem que foi "rápida e irregular". Nenhuma palavra, nenhum som que lembrasse palavras foi mencionado como distinguível por nenhuma das testemunhas.

— Eu não sei – continuou Dupin – que impressão eu posso ter causado, até agora, sobre a sua compreensão, mas não hesito em dizer que deduções legítimas até dessa parte do testemunho (a que diz respeito às vozes rouca e aguda) são em si mesmas suficientes para gerar uma suspeita que deveria direcionar todo o progresso a seguir da investigação desse mistério. Eu disse "deduções legítimas", mas não me expressei bem. Eu tentei insinuar que as deduções são as únicas adequadas e que a suspeita vem à tona inevitavelmente a partir delas como o único resultado. Qual é a suspeito, no entanto, não direi ainda. Simplesmente gostaria que tivesse em mente que para mim foi suficientemente vigoroso atribuir uma forma definida, uma certa tendência, para meus questionamentos dentro do quarto.

— Nos transportemos agora, em imaginação, para esse quarto. O que devemos procurar primeiro? Os meios de saída empregados pelos assassinos. Não é demais dizer que nenhum de nós acredita em eventos sobrenaturais. *Madame* e *Mademoiselle* L'Espanaye não foram mortas por espíritos. Os autores de ato foram materiais, e escaparam materialmente. Então, como? Felizmente, há apenas uma forma de raciocinar sobre esse aspecto, e essa forma deve nos levar a uma decisão definitiva. Vamos examinar, um a um, os possíveis meios de saída. Está claro que os assassinos estavam no quarto em que *Mademoiselle* L'Espanaye foi encontrada, ou pelo menos no quarto contíguo, quando a comitiva subia as escadas. É apenas, então, desses dois cômodos, que temos que procurar saída. A polícia vasculhou o chão, o teto, a alvenaria das paredes, em todas as direções. Nenhuma saída secreta teria escapado a sua vigilância. Porém, não confiando nos olhos deles, eu tive que examinar com meus próprios. Não, havia, portanto, nenhuma saída secreta. Ambas as portas que davam para o corredor estavam seguramente trancadas, com as chaves do lado de dentro. Voltemo-nos às chaminés. Essas, embora de largura comum a cerca de oito ou dez pés acima do braseiro, não admitem, por toda sua extensão, o corpo de um gato grande. A impossibilidade de saída, por meios já mencionados, sendo assim inquestionável, nos deixa com as janelas. Por aquelas do quarto da frente ninguém poderia ter escapado sem ser notado pela multidão na rua. Os assassinos devem ter passado, então, por aquelas do quarto dos fundos. Agora, tendo chegado a essa conclusão de forma tão inequívoca como chegamos, não é nosso papel, como argumentadores, rejeitá-la devido a aparentes possibilidades. Nos resta apenas provar que essas aparente "impossibilidades" não são na verdade o que parecem ser.

— Há duas janelas no quarto. Uma delas não é obstruída por qualquer móvel e é completamente visível. A parte de baixo da outra não fica à vista, pois há na frente dela uma armação de cama fixa grudada nela. A primeira foi encontrada seguramente fechada por dentro. Ele resistiu a extrema força dos que tentaram levantá-la. Uma grande pua fora feita na sua moldura à esquerda, e um prego bem robusto foi encontrado ali, quase até a cabeça. Após examinar a outra janela, descobriu-se que um prego parecido foi encaixado ali do mesmo modo, e um esforço vigoroso para erguer o caixilho também foi em vão. A polícia estava agora completamente convencida de que a saída não fora nessas direções. E, portanto, acharam que era exagero remover os pregos e abrir as janelas.

— Minha investigação foi de certa forma mais específica, pela razão que acabei de explicar – que todas as aparentes impossibilidades devem ser provadas como o contrário, na realidade. Prossegui pensando assim – a posteriori. Os assassinos escaparam por uma dessas janelas. Se foi verdade, eles não poderiam ter trancado os caixilhos do lado de dentro, do jeito que foram encontrados – a consideração que coloca um fim, pela sua obviedade, na investigação policial nesse sentido. Os caixilhos estavam, de fato, trancados. Eles deveriam, então, apresentar a possibilidade de se trancarem sozinhos. Não havia escapatória para essa conclusão. Me aproximei da janela que estava livre, tirei o prego com alguma dificuldade e tentei levantar o caixilho. Foi em vão, como eu havia previsto. Agora eu sei que devia haver uma mola escondida, e ao corroborar minha ideia isso me convenceu de que minhas premissas, pelo menos, estavam corretas, embora ainda fossem misteriosas as circunstâncias envolvendo os pregos. Uma procura cuidadosa logo revelou a mola escondida. Eu a pressionei e, satisfeito com a descoberta, abstive-me de erguer o caixilho.

— Então, substituí o prego e o observei com atenção. Uma pessoa saindo por essa janela deveria tê-la fechado, e a mola teria feito o papel de trancar, mas o prego não poderia ter sido recolocado. A conclusão era clara e de novo estreitava o escopo da minha investigação. Os assassinos devem ter escapado pela outra janela. Supondo, então, que as molas na outra moldura seriam as mesmas, o que era provável, deveria ser achada uma diferença entre os pregos ou pelo menos no modo de fixação. Me aproximando da armação da cama, analisei a cabeceira minuciosamente no segundo caixilho. Passando minha cabeça para trás do quadro, rapidamente descobri e pressionei a mola, que era, como eu supus, idêntica à da outra janela. Então, olhei para o prego.

Era tão robusto quanto o outro e aparentemente encaixava da mesma maneira, até quase a cabeça.

— Você diria que eu estava confuso, mas se você acha isso, deve ter interpretado mal a natureza das deduções. Para usar uma frase do esporte, eu não havia cometido "nenhuma falta". Nunca havia perdido o faro. Não havia falhas em nenhum elo da corrente. Eu havia traçado o mistério até seu desfecho – e ele estava no prego. Ele tinha, como eu disse, em todos os aspectos, a aparência de seu colega na outra janela, mas esse fato era uma absoluta nulidade (conclusivo como deve parecer ser) se for considerado que aqui, nesse ponto, termina a pista. Eu o toquei e sua cabeça, a cerca de um quarto de polegada da haste, saiu nos meus dedos. O resto da haste estava na pua, de onde havia quebrado. A fissura era antiga (já que suas beiradas estavam encrustadas de ferrugem), e tinha aparentemente sido feita por um martelo, o que tinha parcialmente embutido, na parte de cima do caixilho de baixo, a cabeça do prego. Cuidadosamente eu recoloquei a cabeça no entalhe de onde ela saiu e pareceu um prego intacto – a rachadura era invisível. Pressionando a mola, suavemente consegui erguer a moldura alguns centímetros; a cabeça saiu junto, firme onde estava. Fechei a janela e a aparência de um prego completo estava de novo perfeita.

— Até aqui, o enigma estava sem solução. O assassino havia escapado pela janela que ficava sobre a cama.

EDGAR ALLAN POE

Baixando espontaneamente após sua saída (ou talvez fechada de propósito), foi trancada pelo mecanismo da mola; e foi a retenção dessa mola que confundiu a polícia com a do prego – fazendo com que mais investigações fossem consideradas desnecessárias.

— A próxima questão é a da forma de descida. Sobre esse ponto, eu tinha me satisfeito quando caminhei em volta da casa com você. A cerca de cinco pés e meio do caixilho em questão fica uma haste de para-raios. Dela teria sido impossível para qualquer um alcançar a janela, quem dirá entrar por ela. Observei, entretanto, que os postigos do quarto andar eram do peculiar tipo chamado de *ferrades* pelos carpinteiros parisienses – um tipo raramente usado hoje em dia, mas frequentemente visto em mansões antigas em Lyon e Bordeaux. Eles são no formato de portas comuns (sem dobras) exceto que a metade inferior é feita de treliças ou grades abertas, configurando, assim, um bom lugar para as mãos se encaixarem. No exemplo aqui presente, esses postigos têm três pés e meio de largura. Quando os vimos dos fundos da casa, ambos estavam meio abertos, o que quer dizer que nos ângulos da direita eles se afastavam da parede. É provável que a polícia (e até eu) examinou os fundos do prédio, mas, se assim foi, olhando para esses *ferrades*, na linha de sua amplitude (como eles devem ter feito), eles não perceberam essa grande amplitude ou, de qualquer forma, falharam ao não levá-la em consideração. Na verdade, tendo se contentado com o fato de que nenhuma saída poderia ser feita por esse lado, eles conduziriam aqui uma averiguação bastante superficial. Todavia, estava claro para mim que o postigo da janela no topo da cama, se encostado todo na parede, alcançaria até dois pés do para-raios. Também era evidente que, pelo esforço bastante inusitado de ação e coragem, a entrada pela janela, do para-raios, poderia ter sido realizada. Alcançando a distância de dois pés e meio (supondo o postigo aberto de tudo), um ladrão poderia ter conseguido agarrar com firmeza a treliça. Soltando o para-raios, posicionando seu pé seguramente contra a parede e ousadamente pulando a partir dali, ele deve ter movido o postigo de forma a fechá-lo, e se imaginarmos a janela aberta no momento, pode até tê-lo jogado dentro do quarto.

— Gostaria que mantivesse em mente especialmente que eu mencionei um grau bastante inusitado de ação como requisito para ser bem-sucedido numa façanha tão arriscada e difícil. Meu objetivo é mostrar a você primeiramente que a proeza pode de fato ter sido realizada, mas em segundo e mais importante lugar, desejo impressionar sua compreensão da natureza tão extraordinária e quase sobrenatural da agilidade com a qual poderia ter sido realizada.

— Com certeza, você diria, usando a linguagem da lei, que "para construir meu caso", eu deveria depreciar, em

vez de insistir na valorização do esforço necessário para se conseguir o que foi descrito. Pode ser o comum na lei, mas não no uso da razão. Meu objetivo final é a apenas a verdade. Meu propósito imediato é de levá-lo à justaposição entre essa ação deveras inusitada da qual acabo de falar com aquela voz muito peculiarmente aguda ou dura e irregular, cuja nacionalidade não foi consenso nem entre duas das testemunhas e em cuja fala nenhuma sílaba pode ser identificada.

Após essas palavras, uma concepção vaga e incipiente do que Dupin queria dizer povoou minha mente. Eu parecia estar à beira de compreender, mas sem o poder para tal – os homens, às vezes, se encontram a ponto de se lembrar sem estarem aptos a, no fim, se lembrarem. Meu amigo continuou com seu discurso.

— Você verá – ele disse – que mudei a questão do modo de saída do prédio para o de entrada. Meu desejo era passar a ideia de que ambas foram feitas da mesma maneira, pelo mesmo lugar. Voltemos agora ao interior do quarto. Observemos as aparências aqui. Foi dito que as gavetas do escritório haviam sido saqueadas, embora muitos artigos de vestuário permanecessem dentro delas. A conclusão aqui é estranha. É um chute, muito bobo, não mais que isso. Como saberemos se os artigos encontrados nas gavetas não eram tudo o que originalmente elas continham? *Madame* L'Espanaye e sua filham levavam uma vida excessivamente reclusa – não recebiam visitas, raramente saíam, tinham pouca necessidade de muitas peças de roupas. As que foram encontradas pelo menos eram de boa qualidade como deveriam ser as roupas dessas senhoras. Se um ladrão tivesse levado alguma, por que não levaria as melhores, por que não levaria todas? Em resumo, por que ele abandonou quatro mil francos em ouro e carregou um monte de tecido? O ouro foi deixado. Quase toda a quantia mencionada por *Monsieur* Mignaud, o banqueiro, foi achada em sacolas no chão. Desejo que descarte de seus pensamentos a tola ideia da motivação, engendrada nas mentes da polícia por aquela parte das provas que fala do dinheiro entregue à porta da casa. Coincidências dez vezes mais notáveis do que essa (a entrega do dinheiro e o assassinato cometido três dias após) nos acomete a cada hora da nossa vida, sem atrair nenhuma atenção momentânea. Coincidências em geral são grandes obstáculos no caminho daquele grupo de pensadores que foram educados para não saber nada sobre a teoria das probabilidades – aquela teoria com as quais os mais gloriosos objetos da pesquisa humana estão em dívida devido ao mais glorioso exemplo. No presente caso, se o ouro tivesse sido levado, o fato de ele ter sido entregue três dias antes teria sido mais que coincidência. Corroboraria essa ideia de motivação. Mas, sob as circunstâncias reais do caso, se considerarmos o ouro a motivação para essa atrocidade, devemos também considerar o autor um idiota vacilante por ter abandonado tanto o ouro quanto sua motivação.

— Mantendo firme em mente os pontos para os quais chamei sua atenção – a voz peculiar, a incomum agilidade e a espantosa falta de motivação para um assassinato tão singularmente atroz quanto esse – olhemos para a carnificina em si. Aqui temos uma mulher estrangulada até a morte por força manual, e empurrada dentro de uma chaminé, com a cabeça para baixo. Assassinos comuns não empregam tais formas de matar. No mínimo, eles eliminam o morto. Na maneira com que o corpo foi colocado na chaminé, você deve admitir que há algo excessivamente *outré*, algo completamente incompatível com nosso senso comum de ação humana, mesmo se supusermos os autores os mais pervertidos homens. Pense, também, em quão descomunal deve ter sido a força empregada para enfiar tão forçadamente o corpo em uma abertura que o vigor conjunto de várias pessoas foi insuficiente para arrastá-lo para baixo!

— Passe, agora, para outras indicações do emprego do mais grandioso vigor. No braseiro, havia grossos tufos, muito grossos tufos de cabelo humano grisalho. Eles haviam sido arrancados pela raiz. Você sabe da grande força necessária para arrancar desse jeito até mesmo vinte ou trinta fios juntos. Você viu as mechas em questão assim como eu. Suas raízes (uma visão hedionda!) estava repleta de fragmentos da carne do escalpo – uma clara demonstração do prodigioso poder que fora empregado ao arrancar talvez meio milhão de fios ao mesmo tempo. A garganta da velha senhora não fora simplesmente cortada, mas a cabeça fora absolutamente desmembrada do corpo: o instrumento foi uma simples lâmina. Quero que preste atenção à brutal ferocidade desses feitos. Dos machucados no corpo de *Mademoiselle* L'Espanaye não falarei. *Monsieur* Dumas e seu valioso assistente *Monsieur* Etienne declararam que foram infligidos por algum instrumento obtuso, e até aqui eles estão certos. O instrumento obtuso era claramente uma pedra do pavimento no quintal, sobre a qual a vítima havia caído da janela que fica acima da cama. Essa ideia, embora possa parecer agora simples, escapou à polícia pelo mesmo motivo que a largura dos postigos também escapou, pois, pela natureza dos pregos, a percepção deles foi hermeticamente selada contra qualquer possibilidade de as janelas terem sido abertas.

— Se agora, além de tudo isso, você bem refletiu sobre a estranha desordem do quarto, atingimos o ponto de combinar os pontos de uma agilidade impressionante, uma força sobre-humana, uma ferocidade brutal, uma carnificina desprovida de motivação, um horror grotesco absolutamente não pertencente à humanidade e uma voz em um tom estranho aos ouvidos de homens de variadas nações e destituída de qualquer traço nítido ou inteligível. Que resultado, então, obtemos? Que impressão causei na sua imaginação?

Eu senti um arrepio na carne enquanto Dupin me fez essa pergunta.

— Um louco – eu disse – realizou esse feito. Algum maníaco delirante que escapou de uma *Maison de Santé*[30] próxima daqui.

— Em alguns aspectos – ele respondeu – sua ideia não é irrelevante. Mas as vozes de homens loucos, mesmo em seus mais insensatos paroxismos, nunca corresponderiam àquela voz peculiar ouvida das escadas. Loucos têm nacionalidade e sua língua, embora incoerente em suas palavras, é sempre coerente na silabação. Além do mais, o cabelo de um louco não se parece com o que o que tenho nas mãos agora. Eu separei esse pequeno tufo dos dedos rigidamente apertados de *Madame* L'Espanaye. Me diga o que conclui disso.

— Dupin! – eu disse desalentado –, esse cabelo é muito diferente; não é cabelo humano.

— Eu não havia afirmado que era – ele disse –, mas, antes que decidamos sobre esse ponto, quero que repare no pequeno esboço que tracei nesse papel. É uma cópia de um desenho do que foi descrito em uma parte do testemunho

---

30 Francês: "manicômio".

como "machucados escuros e marcas profundas de unhas" na garganta de *Mademoiselle* L'Espanaye, e em uma outra (por Dumas e Etienne) como "uma série de manchas lívidas, evidentemente da impressão dos dedos".

— Você perceberá – continuou meu amigo, espalhando os papéis sobre a mesa diante de nós – que esse desenho dá a ideia de uma pegada firme e fixa. Aparentemente, não houve deslize dos dedos. Cada dedo reteve – possivelmente até a morte da vítima – o aperto temível por meio do qual se fincou na carne. Tente agora colocar todos os seus dedos nas respectivas impressões como você as vê.

Tentei em vão.

— Possivelmente não estamos dando a esse aspecto um tratamento justo – ele disse. O papel está esticado sobre uma superfície plana, mas a garganta humana é cilíndrica. Aqui está um lingote de madeira, cuja circunferência é parecida com a da garganta. Envolva-o com o desenho e tente de novo.

Fiz como ele disse, mas a dificuldade foi ainda mais óbvia que antes.

— Isso – eu disse – não é a marca de uma mão humana.

— Agora leia – disse Dupin – essa passagem de Cuvier.[31]

---

[31] Georges Cuvier (1769-1832) naturalista e zoologista francês, por alguns considerado o "pai da paleontologia".

Era um relatório minimamente anatômico e em geral descritivo do grande orangotango avermelhado das ilhas Índias Orientais. A estatura gigantesca, a prodigiosa força e capacidade de ação, a ferocidade selvagem e a propensão imitativa desses mamíferos são suficientemente conhecidas de todos. De uma vez compreendi o total horror do assassinato.

— A descrição das digitais – eu disse, ao terminar a leitura – está em total acordo com esse desenho. Vejo que nenhum animal a não ser um orangotango, da espécie aqui mencionada, pode ter causado as marcas como você as identificou. Esse tufo de cabelo alaranjado, também, é idêntico em natureza ao do animal de Cuvier. Mas eu não consigo compreender as particularidades desse terrível mistério. Além do mais, duas vozes foram ouvidas no conflito e uma delas era inquestionavelmente a voz de um francês.

— Verdade, e você se lembrará de uma expressão atribuída quase unanimemente, como prova, a essa voz – a expressão "Mon Dieu!". Diante das circunstâncias, isso foi justamente caracterizado por uma das testemunhas (Montani, o confeiteiro) como uma expressão de advertência ou de discussão. Sobre essas duas palavras, entretanto, eu basicamente depositei minhas esperanças de uma completa solução do enigma. Um francês está ciente do assassinato. É possível – na verdade, é mais do que provável – que ele seja inocente de ter participado da ação sangrenta que se deu ali. O orangotango deve ter escapado dele. Ele deve tê-lo seguido até o quarto, mas, diante das circunstâncias turbulentas que ele provocou, o francês não poderia nunca tê-lo recapturado. Ele ainda está à solta. Não insistirei nesses palpites – pois não tenho mais o direito de chamá-los de nada além disso – já que as sombras de reflexão nas quais eles estão baseados mal são profundas o suficiente para serem apreciadas pela minha própria inteligência, e já que eu não poderia fingir torná-los inteligíveis à compreensão de outros. Chamá-los-emos de palpites, então, e assim falaremos deles. Se o francês em questão é, de fato, como suponho, inocente dessa atrocidade, o anúncio que deixei para ser publicado ontem à noite, depois de nossa volta para casa, no escritório do *Le Monde* (um jornal dedicado a transporte e navegação, muito procurado por marinheiros) o trará à nossa residência.

Ele me entregou o recorte de papel e eu assim li:

CAPTURADO – Em Bois de Boulogne,[32] *no início da manhã de --- do corrente* (a manhã dos assassinatos) *um orangotango muito grande, alaranjado, da espécie de Bornéu. O proprietário* (que deve ser um marinheiro de um

---

32 Grande parque público em Paris.

navio maltês) *poderá tê-lo de volta após identificá-lo satisfatoriamente e pagar algumas taxas decorrentes de sua captura e manutenção. Ligar para número ----, Rua ----, Faubourg St.-Germain, terceiro* arrondissement.[33]

— Como é possível – perguntei – que você soubesse que o homem é um marinheiro e pertencente a um navio maltês?

— Eu não sei – disse Dupin. Não tenho certeza disso. Aqui, todavia, há um pequeno pedaço de fita que, de sua forma e de sua aparência engordurada, deve ter sido evidentemente utilizada para amarrar o cabelo em uma dessas longas *queues*[34] de que os marinheiros gostam tanto. Além do mais, esse nó é um daqueles que poucos, além dos marinheiros, conseguem dar e é específico dos malteses. Eu o peguei no pé do para-raios. Não pertenceria a nenhuma das falecidas. Agora, se, depois de tudo isso, eu estiver enganado nas minhas deduções quanto a essa fita, que o francês era um marinheiro pertencente a um navio maltês, ainda assim não causei nenhum mal em dizer o que disse no anúncio. Se errei, ele meramente suporá que eu me deixei enganar por alguma circunstância que ele não se dará ao trabalho de investigar. Mas, se eu estiver certo, marcamos um belo ponto.

---

33 A cidade de Paris é subdividida em *arrondissements*, como regiões administrativas, sendo vinte ao todo. Partindo do centro, os *arrondissements* formam uma espécie de caracol.
34 Francês: "tranças".

Ciente apesar de inocente dos assassinatos, o francês irá naturalmente hesitar em responder o anúncio reivindicando o orangotango. Ele raciocinará assim: "Sou inocente; sou pobre; meu orangotango tem bastante valor (uma fortuna, para alguém na minha posição), por que eu o perderia por uma indolente preocupação com o perigo? Aqui ele está, ao meu alcance. Foi encontrado no Bois de Boulogne, bem longe da cena da carnificina. Como pode sequer se suspeitar de que um animal bruto deveria ter cometido o ato? A polícia é culpada – fracassaram em encontrar a mínima pista. Mesmo se encontrassem o animal, seria impossível provar que eu tenho conhecimento dos assassinatos ou me infligir culpa por sabê-lo. Acima de tudo, sou conhecido. Quem anunciou me designa como o dono do animal. Não tenho certeza até onde vai seu conhecimento. Se eu evitar reivindicar a posse de um animal de tão grande valor, que é sabido que me pertence, o animal ficará, no mínimo, à mercê de suspeita. Não é minha política atrair atenção nem para mim nem para ele, responderei ao anúncio, reaverei o orangotango e o manterei preso até que essa questão seja resolvida.

Nesse momento, ouvimos passos nas escadas.

— Esteja pronto – disse Dupin – com suas armas, mas nem as use nem as mostre até um sinal meu.

A porta da frente da casa havia sido deixada aberta,

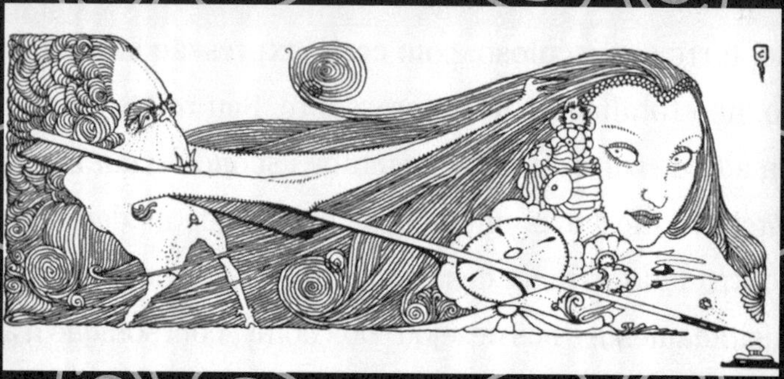

e o visitante havia entrado, sem tocar a campainha, e havia avançado alguns passos na escada. Agora, no entanto, pareceu hesitar. Na mesma hora o ouvimos descer. Dupin estava se dirigindo rapidamente para a porta, quando o escutamos subindo novamente. Ele não voltou atrás uma segunda vez, mas avançou com decisão e bateu na porta do nosso quarto.

— Entre – disse Dupin, em um tom alegre e amável.

Um homem entrou. Evidentemente, era marinheiro – alto, forte e musculoso, com certa expressão atrevida no rosto, não totalmente desinteressante. Seu rosto, bastante queimado de sol, era mais da metade escondido por barba e *mustachio*.[35] Ele trazia um enorme porrete de madeira, mas por outro lado parecia desarmado. Ele fez uma reverência desajeitadamente e nos desejou "boa noite", com sotaque francês, que apesar de um pouco parecido com o de Neuchâtel,[36] era suficientemente indicativo de uma origem parisiense.

— Sente-se, amigo – disse Dupin. Suponho que tenha vindo pelo orangotango. Dou minha palavra, quase o invejo por tal posse; notavelmente fino e sem dúvida um animal muito valioso. Quantos anos acredita que ele tem?

O marinheiro deu um longo suspiro, com ares de um

---

35 Italiano: "bigode".
36 Cidade suíça, capital do cantão de mesmo nome.

homem aliviado de um fardo intolerável e então respondeu, num tom convicto:

— Não tenho como dizer, mas ele não deve ter mais que quatro ou cinco anos. Ele está aqui?

— Ah, não, não temos meios de mantê-lo aqui. Ele está em um estábulo na Rua Dubourg, perto daqui. Você pode pegá-lo de manhã. Suponho que esteja preparado para identificar a propriedade?

— Certamente estou, senhor.

— Sentirei muito sua partida – disse Dupin.

— Não quis ter causado todo esse problema, senhor – disse o homem. Não esperava isso. Estou disposto a pagar uma recompensa pela captura do animal – quer dizer, algo razoável.

— Bem – respondeu meu amigo – seria muito justo, certamente. Deixe-me pensar. O que eu deveria receber? Ah, direi: minha recompensa seria você me fornecer todas as informações sobre sua influência nesses assassinatos na Rua Morgue.

Dupin disse as últimas palavras em um tom muito baixo e muito calmamente. Tão calmamente quanto ele caminhou até a porta, trancou-a e colocou a chave em seu bolso. Ele então pegou um revólver e o colocou sem nenhuma comoção sobre a mesa.

O rosto do marinheiro ficou vermelho como se ele estivesse sufocando. Ele se levantou rapidamente e pegou seu porrete, mas na sequência caiu de volta sentado na cadeira, tremendo violentamente, estampando a morte em seu rosto. Não disse uma palavra. Senti pena dele do fundo do meu coração.

— Meu amigo – disse Dupin, num tom gentil –, você está se alarmando desnecessariamente – de fato, está. Não queremos prejudicá-lo. Eu lhe prometo, por minha honra de cavalheiro, por minha honra de francês, que não lhe queremos mal. Eu sei perfeitamente que você é inocente das atrocidades da Rua Morgue. Mas não vale a pena negar, no entanto, que está implicado nelas de alguma forma. Com base no que eu já disse, você deve saber que tive como me informar sobre a questão – meios com os quais você nunca teria sonhado. A coisa agora se configura assim. Você não fez nada que poderia ter evitado – nada, certamente, que te tornaria culpado. Você não foi culpado nem mesmo de roubo, do qual poderia ter escapado impune. Não tem nada a esconder. Não há razão para esconder nada. Por outro lado, você é obrigado, em nome da honra, a confessar tudo o que sabe. Um homem inocente está preso, acusado do crime cujo autor você pode apontar.

O marinheiro recuperou o raciocínio, em grande parte, enquanto Dupin pronunciava essas palavras, mas sua ousadia original tinha se esvaído.

— Ajude-me, Deus – ele disse, após uma pausa –, lhe direi tudo o que sei sobre esse assunto, mas não espero que acredite em metade do que vou dizer. Eu seria um tolo se esperasse. Ainda assim, sou inocente, e contarei a verdade mesmo que eu morra por causa disso.

O que ele declarou foi, em essência, isso. Ele havia feito uma viagem para as Índias Orientais recentemente. Um grupo, do qual ele fazia parte, desembarcou em Bornéu e se embrenhou no interior para uma excursão de lazer. Ele e um colega capturaram o orangotango. Como seu colega morreu, o orangotango ficou sob sua posse exclusiva. Após muitos problemas, causados pela ferocidade incontrolável do animal durante a viagem de volta para casa, ele finalmente conseguiu abrigá-lo em segurança em sua residência em Paris, onde, a fim de não atrair para si a indesejável curiosidade dos vizinhos, o manteve cuidadosamente isolado, até que se recuperasse de uma ferida no pé, causada por uma farpa a bordo do navio. Seu desejo final seria vendê-lo.

Ao voltar para casa após uma diversão entre os marinheiros na noite, melhor dizendo até a manhã dos assassinatos, ele encontrou a fera ocupando seu próprio quarto, tendo escapado de um recinto contíguo, onde ele achava que o animal estava mantido em segurança. Com uma navalha nas mãos e todo ensaboado, ele estava sentado diante de um espelho, tentando se barbear, o que sem dúvida ele havia visto seu dono fazer pelo buraco da fechadura. Aterrorizado diante da visão de uma arma tão poderosa em posse de um animal tão feroz, e bastante apto a usá-la, por alguns instantes o homem ficou sem saber o que fazer. Ele havia se acostumado, no entanto, a acalmar a criatura, mesmo em seus momentos mais selvagens, com o uso de um chicote, ao qual ele então recorreu. Ao ver o chicote, o orangotango saltou de uma vez pela porta do quarto, desceu as escadas e de lá, por uma janela, que infelizmente estava aberta, saiu para a rua.

O francês o seguiu em desespero; o primata, com a lâmina em mãos, ocasionalmente parava para olhar para trás e gesticular para seu perseguidor, até que este quase o alcançou. Mas, então, escapou de novo. Desse jeito a caçada prosseguiu por bastante tempo. As ruas estavam profundamente silenciosas, pois já eram quase três da manhã. Ao descer uma viela nos fundos da Rua Morgue, a atenção do fugitivo foi captada por um brilho de luz vindo da janela aberta do quarto de *Madame* L'Espanaye, no quarto andar da casa. Correndo para a casa, ele notou o para-raios, o escalou com inconcebível agilidade, agarrou o postigo, que estava completamente retraído até a parede e, com sua habilidade, o fez balançar e levá-lo diretamente para a cabeceira da cama. A trama toda não durou mais que um minuto. O orangotango chutou o postigo e o abriu de novo quando entrou no quarto.

O marinheiro, nesse meio-tempo, estava exultante e perplexo. Ele tinha fortes esperança naquele momento de recapturar o animal, já que ele tinha poucas chances de escapar da armadilha na qual ele mesmo se colocara, exceto pelo para-raios, onde pode ser interceptado ao descer por ali. Por outro lado, havia muita ansiedade quanto ao que ele poderia fazer na casa. Esse último pensamento incitou o homem a continuar seguindo o fugitivo. Subir pelo para-raios não traz dificuldades, especialmente para um marinheiro, mas ao chegar à altura da janela, que ficava à sua esquerda, mas, distante, ele interrompeu seu percurso. O máximo que conseguiu foi se esticar para poder dar uma olhada no interior do quarto. Nessa olhada, ele quase caiu de onde estava devido ao excesso de horror. Foi nesse hora que aqueles gritos hediondos surgiram na noite, aqueles que tinham assustado os habitantes da Rua Morgue, *Madame* L'Espanaye e sua filha, vestidas com roupas de dormir, aparentemente haviam se ocupado de organizar alguns papéis na cômoda de ferro já mencionada, que tinha sido arrastada para o meio do quarto. Ela estava aberta e seu conteúdo estava jogado ao lado no chão. As vítimas deviam ter estado sentadas com suas costas para a janela, e, pelo tempo decorrido entre a entrada da fera e os gritos, é provável que sua presença não tenha sido imediatamente percebida. O movimento do postigo seria naturalmente atribuído ao vento.

Quando o marinheiro olhou para dentro, o gigante animal havia capturado *Madame* L'Espanaye pelo cabelo (que estava solto, já que ela o penteava) e estava meneando a lâmina diante de seu rosto, imitando os movimentos de um barbeiro. A filha estava prostrada e imóvel; ela havia desmaiado. Os gritos e a luta da velha senhora (durante a qual o cabelo foi arrancado de sua cabeça) acabou mudando os propósitos do orangotango de pacíficos para raivosos. Com um golpe determinado de seu musculoso braço, ele quase a decapitou. A visão de sangue inflamou sua ira e a transformou em frenesi. Rangendo seus dentes, e com os olhos ardendo em fogo, ele correu para o corpo da garota e enfiou suas garras em sua garganta, segurando até ela morrer. Seus olhares errantes e selvagens recaíram nesse momento na cabeceira da cama, onde ele podia discernir, rígido com o horror, o rosto de seu dono. A fúria da besta, que sem dúvida ainda tinha em mente a imagem do temível chicote, instantaneamente virou medo. Consciente de merecer punição, ele pareceu desejoso de esconder seus feitos sangrentos e pulou pelo quarto em agonia de agitação nervosa, derrubando e quebrando os móveis enquanto se mexia, e arrastando a cama de sua armação. Em conclusão, ele pegou primeiro o cadáver da filha e o enfiou na chaminé, do jeito que foi encontrado; depois o da senhora, que foi imediatamente arremessado pela janela de cabeça para baixo.

Assim que o primata se aproximou da janela com seu fardo mutilado, o marinheiro se encolheu chocado no para--raios e, deslizando para baixo, correu para casa, temendo as consequências da carnificina e de bom grado abandonando, em seu terror, toda a solicitude quanto ao destino do orangotango. As palavras ouvidas pela comitiva na escada foram as exclamações do francês de horror e medo, misturado ao tagarelar demoníaco do animal.

Quase nada tenho a acrescentar. O orangotango deve ter escapado do quarto pelo para-raios, exatamente antes de arrombarem a porta. Deve ter fechado a janela ao passar por ela. Foi na sequência capturado pelo próprio dono, que obteve por ele uma boa quantia no *Jardin des Plantes*.[37] Le Bon foi imediatamente solto após nossa narrativa das circunstâncias (com alguns comentários de Dupin) no gabinete do chefe de polícia. Esse funcionário, embora bem disposto com relação ao meu amigo, não podia esconder sua decepção com o rumo que o caso havia tomado, e até falou com certo sarcasmo sobre a importância de cada um cuidar de sua própria vida.

37　Jardim botânico de Paris.

— Deixe-o falar – disse Dupin, que não achou necessário responder. – Deixe-o discursar. Isso irá aliviar sua consciência. Eu estou satisfeito em tê-lo vencido em seu próprio quintal. Apesar disso, o fato de ele ter falhado na solução desse mistério não deveria de forma alguma ser uma surpresa como ele considera, pois, na verdade, nosso amigo chefe é esperto demais para ser profundo. Não há robustez em sua sabedoria. É como cabeça sem corpo, como nos quadros da Deusa Laverna[38] – ou melhor, cabeça e ombros, como um bacalhau. Mas ele é uma boa pessoa afinal. Eu gosto dele por um específico golpe de hipocrisia, pelo qual obteve sua reputação de engenhoso. Quero dizer o jeito dele *de nier ce qui est, et d'expliquer ce qui n'est pas.*[39]

---

38 Na mitologia romana, é a deusa dos ladrões, trapaceiros e do mundo inferior.
39 Francês: "de negar o que é e explicar o que não é". Trecho da obra *Nouvelle Heloise*, de Jean-Jacques Rousseau (1712-1778), filósofo suíço.

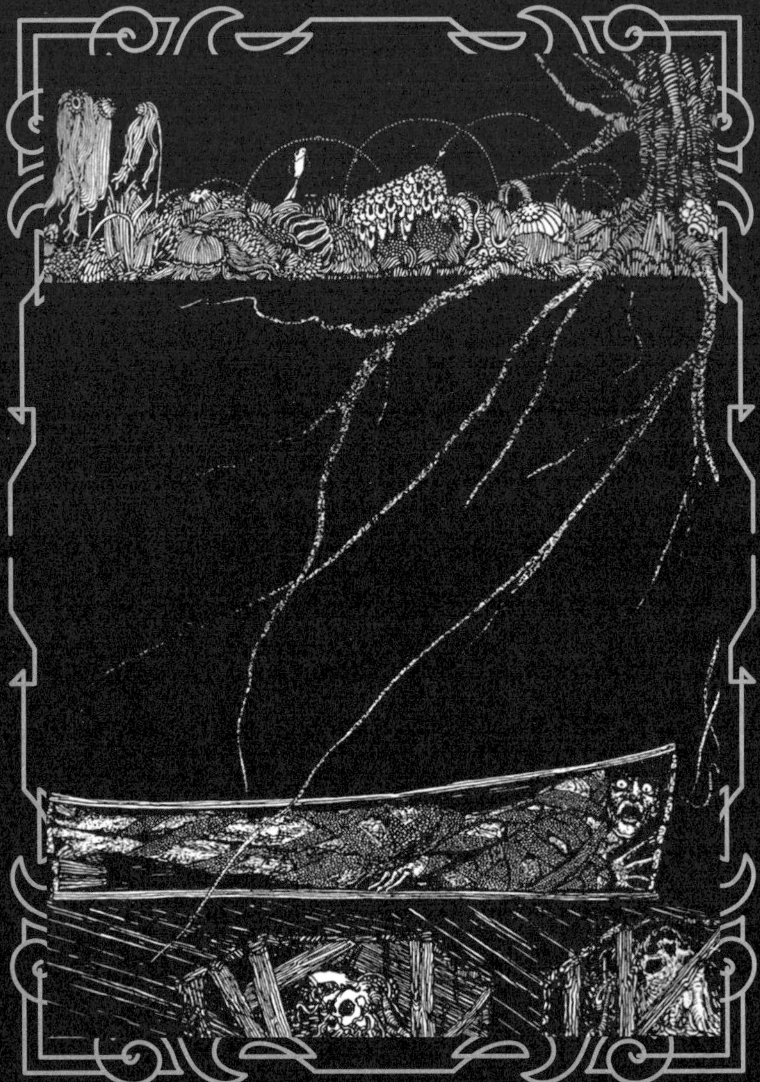

O ENTERRO PREMATURO

Há alguns temas que são totalmente envolventes, mas outros que se tornam completamente horríveis para propósitos de ficção legítima. Esses o simples romancista deve evitar, se não desejar ofender ou gerar repulsa. Eles só são manejados com propriedade quando a severidade e a majestade da verdade os santificam e sustentam. Nos empolgamos, por exemplo, com a mais intensa "dor prazerosa" ao ouvir os relatos sobre a Batalha de Beresina, o Terremoto de Lisboa, a Praga de Londres, o Massacre de São Bartolomeu ou o sufocamento dos cento e três prisioneiros no Buraco Negro de Calcutá. Mas, nesses relatos, é o fato, é a realidade, é a história que excita. Como invenções, deveríamos considerá-los simplesmente com aversão.

Mencionei algumas poucas das mais proeminentes e augustas calamidades já registradas, mas nelas está a extensão, não menos que a natureza da calamidade, que tão vividamente impressiona a imaginação.

Desnecessário relembrar o leitor que, do longo e estranho catálogo de misérias humanas, eu devo ter selecionado muitos exemplos individuais mais repletos de sofrimento essencial do que qualquer umas das vastas generalidades do desastre. A verdadeira miséria, de fato – a tristeza definitiva – é específica, não difusa. Pelo fato de que os extremos hediondos da agonia são enfrentados pelo homem como indivíduo, e nunca pelo homem em grupo – por isso devemos agradecer ao Deus misericordioso!

Ser enterrado vivo é, sem sombra de dúvida, o mais terrível desses extremos que já acometeu parte dos meros mortais. Isso ter sido frequentemente, muito frequentemente, ocorrido mal será negado por aqueles que raciocinam. As fronteiras que separam a vida da morte são na melhor das hipóteses sombrias e vagas. Quem dirá onde uma termina e a outra começa? Sabemos que há doenças que fazem parar por completo todos os sinais aparentes de vitalidade, mesmo que sejam simplesmente suspensões, propriamente ditas. Há apenas pausas temporárias no mecanismo incompreensível. Um certo período de intervalo, e algum princípio misterioso não visto de novo coloca em movimento as engrenagens e as rodas mágicas. O cordão de prata não foi solto para sempre nem foi a tigela de ouro para sempre quebrada. Mas onde, nesse meio-tempo, esteve a alma?

Além, no entanto, da inevitável conclusão, primeiramente, de que tais causas devem produzir tais efeitos, de que a ocorrência bem conhecida de tais casos de suspensão da vida devem naturalmente dar lugar aqui e ali a enterros prematuros – além dessa consideração, temos o testemunho direto de experiências médicas e comuns para provar que um vasto número desses enterros de fato ocorreram. Posso mencionar, se necessário, uma centena de casos conhecidos. Um de natureza muito notável, e cujas circunstâncias devem estar frescas na memória de alguns de meus leitores, ocorreu, não muito tempo atrás, na cidade vizinha de Baltimore,[40] onde gerou uma comoção dolorosa, intensa e de grande alcance. A esposa de um dos mais respeitáveis cidadãos – um eminente advogado e membro do Congresso – foi acometida de uma repentina e inexplicável doença, que confundiu completamente a habilidade dos médicos. Depois de muito sofrer, ela morreu. Ninguém suspeitou de fato, ou teve motivos para suspeitar, que ela não estava de fato morta. Ela mostrava

---

40 Cidade na costa leste estadunidense, onde Edgar Allan Poe viveu por um tempo e morreu em 1849.

todos os sinais comuns da morte. O rosto assumiu o usual contorno contraído e afundado. Os lábios tinham a palidez marmórea de costume. Os olhos não mostravam brilho. Não havia calor. A pulsação havia cessado. Passou-se três dias sem que o corpo fosse enterrado, tempo em que adquiriu uma rigidez pétrea. O funeral, em resumo, foi apressado devido ao rápido avanço do que se supunha ser a decomposição.[41]

A mulher foi depositada no jazigo da família, que, por três anos, ficou intocado. Ao final desse período, ele foi aberto para receber um sarcófago, mas, ora, que choque terrível esperava pelo marido, que, pessoalmente, abriu a porta! Como as portas balançavam para dentro e para fora, algum objeto branco caiu em seus braços. Era o esqueleto de sua esposa em sua mortalha sem forma.

Uma investigação cuidadosa deixou evidente que ela retornou à vida dois dias depois de seu enterro; que ela se debateu em seu caixão, o que a fez cair da borda ou da prateleira para o chão, ficando tão quebrado que a impediu de escapar. Uma lanterna que acidentalmente havia sido deixada dentro do túmulo, ainda repleta de óleo, foi encontrada vazia;

---

[41] Ao contrário do que acontece no Brasil, em que enterros e cerimônias de cremação normalmente ocorrem até dois dias após a morte, nos Estados Unidos é comum levarem até uma semana preparando o corpo, o que dá tempo para que a família se prepare para a cerimônia e parentes distantes cheguem. Por isso, o narrador diz que decidiram apressar o funeral quando se passaram três dias.

deve ter sido toda gasta, no entanto, pela evaporação. Nos últimos degraus que desciam até a temível câmara mortuária havia um fragmento do caixão, com o qual, parecia, ela havia lutado para chamar a atenção golpeando a porta de ferro. Enquanto se ocupava disso, ela provavelmente desmaiou, ou talvez morreu, por puro terror. E, ao falhar, sua mortalha ficou presa em algum ferro que se projetava para o interior. Assim, ela permaneceu e assim ela pereceu, ereta.

No ano 1810, um caso de sepultamento vivo aconteceu na França, sob circunstâncias que asseguram que, de fato, a verdade é mais estranha que a ficção. A heroína da história era *Mademoiselle* Victorine Lafourcade, uma jovem de ilustre família, rica e de grande beleza. Entre seus inúmeros pretendentes estava Julien Bossuet, um pobre *litterateur*[42] ou jornalista de Paris. Seus talentos e amabilidade chamaram a atenção da herdeira, pela qual parece que ele foi verdadeiramente amado; mas seu orgulho de berço a fez, no final, rejeitá-lo e se casar com *Monsieur* Renelle, um banqueiro e diplomata eminente.

Depois do casamento, todavia, esse cavalheiro a negligenciou e, talvez, com mais certeza até, a maltratou. Tendo passado com ele alguns anos infelizes, ela morreu – pelo

---

42 Francês: "escritor".

menos suas condições chegavam mais perto do que parecia ser a morte a ponto de enganar todos que a viram. Ela foi enterrada – não em um jazigo, mas numa cova comum na vila onde nasceu. Imbuído de desespero e ainda inflamado pela lembrança de um profundo apego, o apaixonado saiu da capital em direção à remota província onde ficava a vila, com o propósito romântico de desenterrar o cadáver e tomar para si suas tranças exuberantes.

Ele chega até a sepultura. À meia-noite, ele desenterra o caixão, o abre, e quando estava cortando o cabelo ele é pego pela abertura dos olhos de sua amada. Na verdade, ela havia sido enterrada viva. A vida não a abandonara ainda completamente, e ela foi despertada da letargia confundida com a morte pelos carinhos de seu amado. Freneticamente, ele a levou para o local onde estava hospedado na vila. Empregou alguns poderosos restaurativos baseado em seus conhecimentos médicos, que não eram poucos. Finalmente, ela voltou à vida. Ela reconheceu seu salvador. Permaneceu com ele até que, paulatinamente, recuperou por completo sua saúde original. Seu coração de mulher não era inflexível e essa última lição do amor foi suficiente para amolecê-lo. Ela atribuiu isso a Bossuet. Não voltou a seu marido, mas, escondendo dele sua ressurreição, fugiu com seu amante para a América. Vinte anos depois, os dois retornaram à França, na convicção de que o tempo teria alterado a aparência dela tanto que seus amigos não seriam capazes de reconhecê-la. Eles se enganaram, no entanto, pois, no primeiro encontro, *Monsieur* Renelle a reconheceu e a reivindicou como sua esposa. A esse pedido, ela resistiu e um tribunal a apoiou em sua resistência, decidindo que as peculiares circunstâncias, com o passar de muitos anos, haviam extinguido, não apenas de modo igual, mas legalmente, a autoridade do marido.

O *Diário de Cirurgia de Leipzig* – um periódico de muita autoridade e importância, que alguns livreiros americanos fariam questão de traduzir e republicar – registra em um número tardio um acontecimento muito perturbador na natureza em questão.

Um oficial de artilharia, um homem de estatura gigante e saúde robusta, após cair de um cavalo indomável, teve uma contusão muito severa na cabeça, que o deixou a princípio inconsciente; o crânio ficou levemente fraturado, mas nenhum perigo imediato foi percebido. A trepanação[43] foi concluída com sucesso. Ele sangrou e muitos outros meios comuns de alívio foram adotados.

Gradualmente, no entanto, ele caiu em um irremediável estado cada vez maior de estupor e, finalmente, foi dado como morto.

---

43 Procedimento médico que consiste em abrir um ou mais buracos no crânio com uma broca neurocirúrgica.

O tempo estava quente, e ele foi enterrado com uma pressa indecente em um dos cemitérios públicos. Seu funeral ocorreu na quinta-feira. No domingo seguinte, o terreno do cemitério foi, como de costume, pisoteado pelos visitantes, e por volta de meio-dia uma comoção intensa surgiu com a declaração de um camponês de que, enquanto ele estava sentado sobre o túmulo do oficial, ele havia sentido um movimento da terra, como se fora ocasionado por alguém se debatendo embaixo.

A princípio, pouca atenção foi dada à afirmação do homem, mas o evidente terror em que ele se encontrava e a persistente obstinação com a qual ele insistia na sua história tiveram, por fim, seu efeito natural na multidão. Pás foram rapidamente trazidas, e o túmulo, que era vergonhosamente raso, em poucos minutos foi cavado e a cabeça de seu ocupante apareceu. Ele parecia morto, mas estava sentado ereto dentro de seu caixão, cuja tampa, em seu furioso esforço, fora parcialmente levantada.

Ele foi imediatamente levado ao hospital mais próximo e lá declarado estar vivo, embora sob certa asfixia. Depois de algumas horas, ele voltou à vida, reconheceu as pessoas que conhecia e, numa fala truncada, falou de suas agonias no túmulo.

Do que ele relatou, ficou claro que ele deve ter ficado

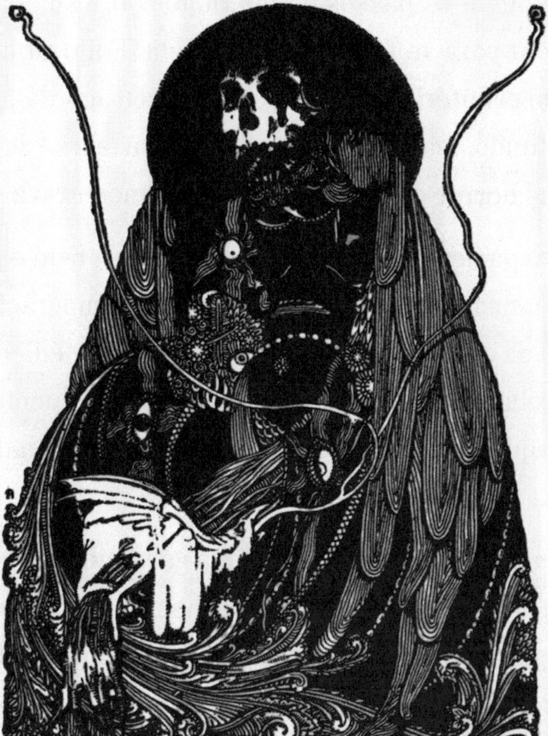

consciente por mais de uma hora, enquanto sepultado, antes de cair na inconsciência. O túmulo foi coberto com terra bastante porosa de maneira descuidada e solta, e assim um pouco de ar pode entrar.

Ele ouviu os passos da multidão sobre sua cabeça e se esforçou para se fazer ouvir também. Foi o tumulto no terreno do cemitério, ele disse, que pareceu acordá-lo de um sono profundo, mas assim que ele acordou, ele se deu conta do terrível horror da posição em que se encontrava.

Este paciente, está registrado, passava bem e parecia estar em uma boa fase na última etapa de recuperação, mas foi vítima da charlatanice de um experimento médico. O método da célula galvânica foi aplicado, e ele de repente parou em um daqueles paroxismos estáticos que, ocasionalmente, ele causa.

A menção do método de célula galvânica, no entanto, me traz à memória um caso bem conhecido e muito extraordinário, que provou os meios de reanimar um jovem advogado de Londres, que havia ficado enterrado por dois dias. Isso ocorreu em 1831 e gerava, na época, uma comoção muito profunda onde quer que se falasse sobre isso.

O paciente, Sr. Edward Stapleton, havia morrido, aparentemente, de febre tifoide, acompanhada de alguns sintomas anômalos que haviam atiçado a curiosidade de seus auxiliares médicos. Ao ser dado como morto, seus amigos foram chamados para aprovar um exame *post-mortem*, mas se recusaram a dar permissão para tal. Como de costume, quando há recusas assim, os médicos decidem desenterrar o corpo e dissecá-lo com calma e em segredo. Arranjos foram facilmente feitos com os muitos grupos de violadores de cadáveres, que são abundantes em Londres. Assim, na terceira noite após o funeral, o suposto cadáver foi desenterrado de um túmulo oito pés abaixo do chão e depositado em uma câmara aberta de um dos hospitais privados.

Foi feita uma incisão de certa extensão no abdômen, quando a aparência fresca e conservada do sujeito sugeriu a aplicação do método da célula galvânica. Sucedeu-se uma tentativa após a outra, e os efeitos contumazes sobrevieram, com nada que os pudesse caracterizar em nenhum aspecto, exceto em uma ou duas ocasiões um grau acima do comum de convulsão parecida com a que se tem em vida.

Foi ficando tarde. O dia estava para amanhecer, e se julgou conveniente, por fim, proceder com a dissecação. Um estudante, entretanto, estava muito desejoso de testar uma teoria sua e insistiu em aplicar a célula galvânica em um dos músculos peitorais. Um corte rudimentar foi feito, e um fio foi rapidamente colocado em contato, quando o paciente, com um movimento célere, mas um pouco convulsivo, se levantou da mesa, pisou no chão, olhou para si mesmo perturbado por alguns segundos e, então, falou. O que ele disse foi ininteligível, mas palavras foram pronunciadas; a silabação era nítida. Após falar, caiu pesadamente no chão.

Por alguns momentos, todos ficaram paralisados de espanto, mas a urgência do caso logo os trouxe de volta para a presença de espírito. Foi constatado que o Sr. Stapleton estava vivo, embora numa espécie de sono profundo. Ao ser exposto ao éter, recobrou a consciência e rapidamente teve a saúde recuperada e voltou à companhia de seus amigos – de quem, todavia, toda a informação sobre essa ressuscitação foi ocultada até que uma recaída não pudesse mais ser percebida. É possível imaginar sua surpresa – sua extasiante perplexidade.

A mais excitante peculiaridade desse incidente, entretanto, está no que o Sr. Stapleton mesmo afirma. Ela declara que em nenhum momento ficou completamente inconsciente – que, aborrecida e confusamente, ele esteve ciente de tudo que aconteceu a ele, do momento em que foi dado como morto pelos seus médicos até aquele em que caiu desmaiado no chão do hospital.

— Estou vivo! – foram as palavras incompreensíveis que ele pronunciou, ao reconhecer que estava na sala de dissecação, ele havia lutado ao extremo para falar.

Seria fácil multiplicar outras histórias como essas, mas me abstenho, pois, de fato, não há necessidade de fazê-lo para deixar claro que enterros prematuros acontecem. Quando pensamos em quão raramente, dada a natureza do caso, está em nossas mãos detectar, devemos admitir que frequentemente eles ocorrem sem que saibamos. Dificilmente, na verdade, um cemitério é invadido, sob qualquer propósito, de forma que esqueletos não sejam encontrados em posições que sugerem as mais temerosas suspeitas.

Temerosas são, sim, as suspeitas – mas mais ainda o destino! Deve ser dito, sem hesitação, que nenhum acontecimento é tão terrivelmente adaptado para inspirar a supremacia de transtorno corporal e mental tanto quanto é ser enterrado vivo. A insuportável supressão dos pulmões, os gases asfixiantes da terra úmida, estar preso às roupas da morte, o rígido abraço da morada estreita, a escuridão da noite absoluta, o silêncio de um mar que inunda, a invisível mas palpável presença do verme vencedor – essas coisas, com o pensamento no ar e na grama acima, com a lembrança dos amigos queridos, que se apressariam em nos salvar caso fossem informados do nosso destino, e com a consciência de que desse destino eles nunca poderão saber, que nossa parte irremediável é aquela da verdadeira morte – essas considerações, eu penso, carregam no coração, que ainda palpita, um grau de chocante e intolerável horror do qual a mais ousada imaginação deve recuar. Não conhecemos nada tão agonizante na Terra – não conseguimos nem sonhar algo tão hediondo nos reinos do baixo inferno. E, assim, todas as narrativas sobre esse assunto carregam profundo interesse; um interesse, todavia, que, pelo espanto sagrado do tema em si, muito dignamente e particularmente depende da nossa crença na verdade da matéria narrada. O que tenho agora para contar vem do meu real conhecimento – da minha significativa e pessoal experiência.

Por alguns anos eu havia sido acometido de uma desordem singular que os médicos haviam concordado em chamar de catalepsia, na falta de um termo mais conclusivo. Embora as causas imediatas e predisponentes e até o real diagnóstico dessa doença ainda sejam misteriosos, sua natureza óbvia e aparente é suficientemente bem compreendida. Suas variações aparentam sobretudo ter diferentes graus. Às vezes o paciente fica, por um dia penas e por um período ainda menor, numa espécie de exagerada letargia.

Ele perde os sentidos e fica sem os movimentos, mas a pulsação do coração é levemente perceptível; alguns traços de calor permanecem, e uma leve cor fica no centro das bochechas; e, ao colocar um espelho perto dos lábios, pode-se detectar uma ação entorpecida, desigual e vacilante dos pulmões. Mas em outros casos, a duração do transe chega a semanas, até meses, enquanto o escrutínio mais detalhado e os mais rigorosos exames médicos falham ao estabelecer qualquer distinção material entre o estado do sofredor e o que tomamos por completa morte.

Muito comumente, ele é salvo de um enterro prematuro unicamente pelo conhecimento por parte de seus amigos de que ele já sofrera com catalepsia, pela suspeita que isso levanta e, acima de tudo, pelo aspecto de o corpo não se degradar.

O avanço da doença é, por sorte, gradual. As primeiras manifestações, embora visíveis, são inequívocas. Os espasmos vão ficando sucessivamente mais e mais nítidos, e cada um dura mais que o que veio antes. Nisso está a principal segurança contra o sepultamento. O infeliz que tivesse um primeiro ataque de forma extrema seria quase inevitavelmente levado vivo ao túmulo.

Meu caso não era em nada diferente daqueles mencionados nos livros médicos. Às vezes, sem nenhum motivo aparente, eu me afundava, pouco a pouco, numa condição de semissíncope, ou meio-desmaio; e nessa condição, sem dor, sem me mover ou, a rigor, pensar, com uma consciência morosa e letárgica da vida e da presença daqueles em volta de minha cama, eu permaneci, até que a crise dessa doença me trouxesse de volta, de repente, para a perfeita consciência.

Em outros momentos, eu ficaria rápida e impetuosamente arrasado. Eu ficava enjoado, anestesiado, friorento, tonto, até cair prostrado. Então, por semanas, tudo seria vazio, e escuro, e silencioso e o universo se transformaria no nada. Não haveria maior destruição.

Desse último tipo de ataque eu, entretanto, acordaria gradativamente conforme a brusquidão do ataque. Assim como o dia amanhece para o mendigo sem amigos e sem teto que perambula pelas ruas nas longas e desertas noites de inverno – tão tardiamente, tão exaustivamente, tão alegremente a luz da alma voltou para mim.

Além da tendência ao transe, minha saúde em geral parecia ser boa; também não pude perceber que ela estava afetada por uma doença recorrente – ao menos que, de fato, uma idiossincrasia no meu sono regular pudesse ser algum indício. Ao acordar, eu nunca conseguia recobrar completamente meus sentidos de uma vez, sempre permanecendo, por muitos minutos num estado de perplexidade, em uma condição de absoluta suspensão.

O que não havia de sofrimento físico nisso tudo, havia de consternação moral. Minha imaginação foi ficando funesta. Eu falava "de vermes, de túmulos, de epitáfios". Estava perdido em devaneios quanto à morte, a ideia de um enterro prematuro ficava na minha cabeça continuamente.

O perigo hediondo ao qual eu estava sujeito me assombrava dia e noite. Durante o dia, a tortura da meditação era excessiva; à noite, suprema. Quando a sinistra escuridão se espalhava pela Terra, com cada horror de pensamento, eu então tremia, tremia como as tremulantes plumas do carro fúnebre.

Quando a natureza já não aguentava mais a vigília, era com luta que eu me dispunha a dormir, pois eu estremecia ao pensar que, quando acordasse, poderia me encontrar habitante de um túmulo. E quando, finalmente, eu sucumbia ao sono, era como correr para um mundo de fantasmas, sobre o qual, com uma asa enorme, sombria e ofuscante, pairava, predominante, aquela ideia sepulcral.

Das inúmeras imagens das trevas que assim me oprimiam em sonhos, eu guardo uma visão solitária. Pensei estar imerso em um transe cataléptico de duração e profundidade maiores que o normal. De repente, uma mão congelada pousou sobre minha testa, e uma voz impaciente, tagarela sussurrou a palavra "acorde!" nos meus ouvidos. Sentei-me ereto. A escuridão era total.

Eu não podia ver quem me acordara. Tampouco podia recordar o momento em que tinha caído no transe, nem o local em que eu estava. Enquanto permanecia imóvel, e me esforçava para organizar meus pensamentos, a mão fria me

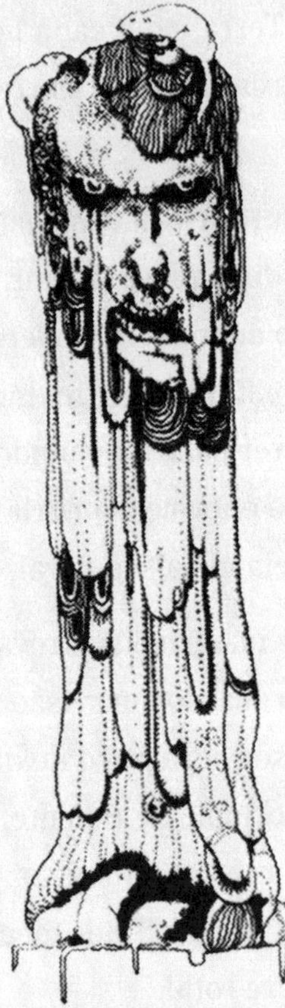

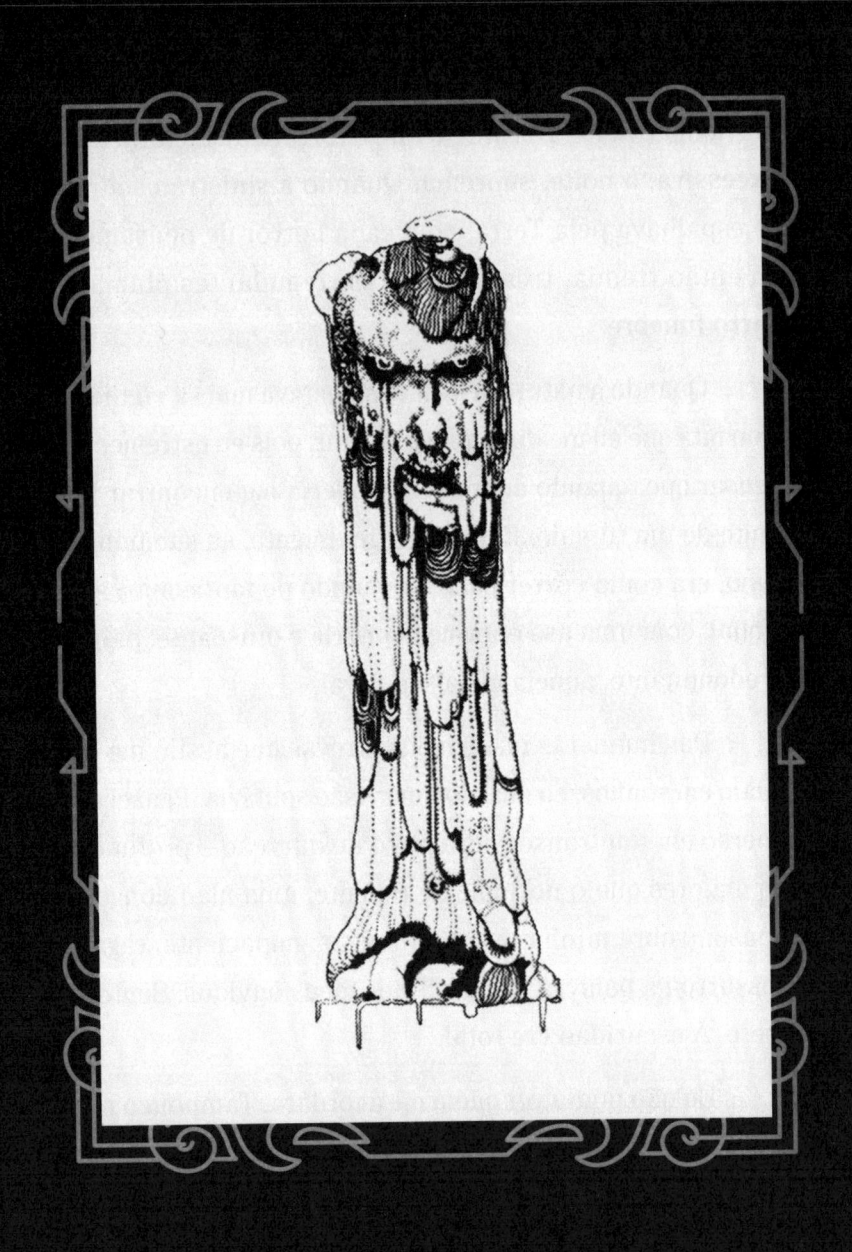

agarrou ferozmente pelo pulso, balançando com petulância, ao mesmo tempo que a voz tagarela dizia de novo:

— Acorde! Não te disse para acordar?

— E quem – eu disse – é você?

— Não tenho nome no lugar em que habito – respondeu a voz, de forma fúnebre. — Fui um mortal, mas hoje sou demônio. Fui impiedoso, mas sou lastimável. Você sente que eu tremo. Meus dentes batem enquanto falo, embora não seja pelo frio da noite, da noite sem fim. Mas essa monstruosidade é insuportável. Como pode dormir tranquilamente? Eu não consigo descansar pelos gritos dessas enormes agonias. Essas visões são mais do que posso tolerar. Levante-se! Venha comigo noite afora e deixe-me revelar a você os túmulos. Não é um espetáculo de tristeza. Veja!

Eu olhei, e a figura invisível, que ainda me segurava pelo pulso, havia aberto os túmulos de toda a humanidade, e de cada um irradiava um tênue brilho fosfórico de decomposição, tanto que eu conseguia enxergar os mais íntimos recessos, e lá via os corpos amortalhados e seus sonos tristes e solenes com o verme.

Mas, ora, os que realmente repousavam eram bem menos, na casa dos milhões, do que os que não estavam de forma alguma dormindo. E havia uma frágil luta; havia uma triste inquietude generalizada; e do fundo dos incontáveis fossos vinha um sussurro melancólico das vestes dos enterrados.

E dos que pareciam descansar tranquilamente, eu vi que um grande número havia mudado, em maior ou menor grau, a rígida e desconfortável posição em que originalmente haviam sido enterrados. E a voz de novo me disse enquanto eu olhava:

— Ó, não é uma visão lamentável?

Mas, antes que eu pudesse encontrar palavras para responder, a figura largou meu pulso, as luzes fosfóricas se extinguiram e os túmulos foram fechados com repentina violência, enquanto deles emanavam gritos tumultuosos de desespero repetindo:

— Ó, Deus! Não é uma visão deveras lamentável?

Fantasias como essas, que ocorrem à noite, estendiam sua terrível influência bem adiante das minhas horas acordado. Meus nervos se tornaram completamente debilitados, e me senti uma presa do terror perpétuo. Eu hesitava cavalgar ou caminhar ou me satisfazer em qualquer exercício que me tirasse de casa. Na verdade, eu não mais arriscava ficar longe da presença imediata dos que estavam cientes da minha propensão à catalepsia para evitar que, tendo um dos meus usuais ataques, fosse enterrado antes que minhas reais condições pudessem ser identificadas. Eu duvidava do cuidado, da fidelidade dos meus mais queridos amigos. Eu tinha pavor de que, em algum transe de duração maior que o comum, eles acabassem julgando minha condição irreversível. Eu fui longe a ponto de temer que, como eu causava muitos transtornos, eles ficariam felizes em considerar qualquer ataque mais prolongado como desculpa suficiente para se livrar de mim de uma vez.

Era em vão que tentassem me tranquilizar por meio das mais solenes promessas. Eu exigia os mais sagrados juramentos de que sob nenhuma circunstância eles iriam me enterrar até que a decomposição tivesse avançado materialmente de forma que a conservação se tornasse impraticável.

E, mesmo assim, meus terrores mortais não dariam ouvidos à razão, não aceitariam nenhum consolo. Dei início a uma série de precauções elaboradas. Entre outras coisas, reformei o mausoléu da família de forma que permitisse ser aberto por dentro. A menor pressão sobre uma longa alavanca que se estendia pelo túmulo faria a porta de ferro se abrir. Houve arranjos também para a entrada livre de ar e luz e receptáculos convenientes para comida e água, dentro do alcance imediato do caixão designado para me receber.

Esse caixão foi calorosamente e suavemente acolchoado e provido de uma tampa, desenhada com o mesmo princípio da porta do mausoléu, com a adição de molas tão bem elaboradas que o mais frágil movimento do corpo seria suficiente para colocá-lo em liberdade. Além de tudo isso, suspenso no teto da tumba ficava um grande sino, cuja corda havia sido projetada para se estender até um buraco no caixão e ser atada a uma das mãos do cadáver. Mas, ah, para que serve o alerta diante do destino do homem? Nem mesmo essas bem elaboradas garantias foram suficientes para salvar das extremas agonias de ser enterrado vivo, uma desgraça para essas agonias fatídicas!

Chegou um momento – como sempre chegava – em que me encontrei emergindo de total inconsciência para a primeira frágil e indefinida sensação de existência. Vagarosamente – passo a passo – se aproximava o leve cinzento dia do despertar da alma. Um mal-estar entorpecido. Uma tolerância apática de uma dor enfadonha. Nenhum cuidado. Nenhuma esperança. Nenhum esforço.

Então, após um longo intervalo, um zumbido no ouvido. Depois de um lapso ainda mais longo, uma sensação de picada ou formigamento nas extremidades; depois um período de quietude prazerosa que pareceu eterno, durante o qual os sentimentos do despertar estão lutando para se tornarem pensamentos; em seguida, um breve mergulho novamente numa ausência do ser; e então uma repentina recuperação.

Finalmente, uma leve tremida de uma pálpebra e, então, imediatamente, um choque elétrico de um terror, mortal e indefinido, que envia o sangue em enxurradas das têmporas para o coração. E agora o primeiro esforço positivo para pensar. E agora a primeira luta para me lembrar. E agora um sucesso parcial e evanescente. E agora a lembrança até aqui conseguiu retomar seu controle, e que, até certo ponto, estou ciente do meu estado. Sinto que não estou acordando de um sono comum.

Recordo que estive sob os efeitos da catalepsia. E agora, por fim, como se pelo fluxo de um oceano, meu espírito estremecido estivesse sobrecarregado por aquele sombrio perigo – por aquela espectral e predominante ideia.

Por alguns minutos, depois que essa fantasia se apossou de mim, permaneci sem me mexer. E por quê? Não pude juntar coragem para me mover. Não ousei fazer o esforço que era comprovar meu destino – embora houvesse algo no meu coração que sussurrava que isso era certo. Desespero – tal como nenhuma outra espécie de tristeza alega nele estar –, o desespero e nada mais me incitou, depois de longa indecisão, a levantar minhas pesadas pálpebras. As levantei. Estava escuro – totalmente escuro. Sabia que o ataque havia acabado. Sabia que a crise da minha doença passara havia muito tempo. Sabia que havia recuperado completamente o uso de minhas faculdades visuais, embora estivesse tudo escuro – tudo escuro –, a intensa e plena escuridão da noite que dura para sempre.

Tentei gritar, e meus lábios e minha língua seca se moveram convulsivamente juntos na tentativa, mas nenhuma voz saiu dos pulmões cavernosos, que oprimidos como pelo peso de uma montanha arfavam e palpitavam, com o coração, a cada elaborada e trabalhosa inspiração.

O movimento do maxilar e da mandíbula, nesse esforço para gritar alto, me mostrou que eles estavam amarrados, como é comum nos mortos. Senti, também, que eu estava deitado sobre algum material duro, e algo similar me comprimia pelos lados. Até então, eu não tinha me aventurado a mover nenhum dos meus membros, mas então joguei meus braços para cima com violência, que até então estiveram esticados com os pulsos cruzados. Eles atingiram um material sólido de madeira, que se estendia pelo comprimento do meu corpo a uma distância não mais que seis polegadas da minha face. Não havia dúvida, finalmente, de que eu repousava dentro de um caixão.

E agora, em meio a todas as minhas infinitas desgraças, veio docemente o querubim Esperança – pois eu pensava nas minhas precauções. Me contorci, empreendi esforços espasmódicos para forçar a abertura da tampa: não se movia. Tentei tocar a corda do sino: não a encontrei. E assim o consolo se foi para sempre, e um desespero ainda mais severo reinava triunfante; pois não pude evitar perceber a ausência do acolchoamento que eu havia tão cuidadosamente preparado – e então também chegou às minhas narinas um peculiar odor da terra úmida. A conclusão era inevitável. Eu não estava dentro do mausoléu. Havia entrado em um transe enquanto longe de casa, enquanto em meio a estranhos – quando, ou como, não conseguia me lembrar – e foram eles que me enterraram como um cachorro, pregado em algum caixão qualquer, e empurrado fundo, fundo, para sempre, numa cova comum e sem nome.

Enquanto essa horrível convicção tomava conta, assim, das câmaras mais íntimas da minha alma, mais uma vez lutei para gritar alto. E nessa segunda tentativa consegui. Um grito longo e contínuo, ou um bramido de agonia, ressoou pelos reinos da noite subterrânea.

— Oi! Ei, você! – disse uma voz rouca, em resposta.

— Que diabos é agora? – disse uma segunda voz.

— Larga isso! – disse uma terceira.

— Onde você quer chegar uivando nesse estilo antigo, igual a um leão da montanha? – disse uma quarta.

E então eu fui pego e chacoalhado sem cerimônia por

alguns minutos, por uma junta de indivíduos de aparência muito tosca. Eles não me tiraram do meu sono – pois eu já estava bem acordado quando gritei –, mas me fizeram recobrar a memória por completo.

Essa aventura ocorreu próximo a Richmond, na Virgínia. Acompanhado de um amigo, eu havia saído para uma caçada, algumas milhas abaixo da margem do Rio James. A noite foi se aproximando e fomos alcançados por uma tempestade. A cabine de um pequeno saveiro ancorado no riacho e repleto de mofo do jardim foi o único abrigo que nos restou.

O aproveitamos o melhor que pudemos, e passamos a noite a bordo. Eu dormi em um dos dois únicos leitos na embarcação – e os leitos de um saveiro seja de sessenta ou vinte toneladas mal precisa de descrição. O que eu ocupei não tinha nenhuma roupa de cama. Sua largura era de dezoito polegadas. A distância de seu fundo para o convés acima era precisamente a mesma. Achei de extrema dificuldade me encaixar. No entanto, dormi pesadamente, e minha visão toda – pois que não era nenhum sonho, nenhum pesadelo – veio naturalmente das circunstâncias da minha posição, do viés ordinário do meu pensamento, e da dificuldade, a qual já havia aludido, de recobrar meus sentidos, especialmente de recuperar a memória, por um longo tempo depois do sono. Os homens que me sacodiam eram a tripulação do saveiro e alguns trabalhadores contratados para descarregá-lo. Da carga em si vinha o cheiro de terra. A amarra em volta da boca era um lenço de seda no qual eu havia envolvido minha cabeça, na ausência de minha touca de dormir.

As torturas que suportei, entretanto, foram semelhantes às de uma sepultura real. Elas eram terríveis; elas eram inconcebivelmente hediondas. Mas do mal vem o bem, pois seu excesso forjou em meu espírito uma repugnância inevitável. Minha alma adquiriu tônus, adquiriu disposição. Eu fui para fora. Fiz um exercício vigoroso. Respirei o ar puro do céu. Pensei sobre outras coisas que não a morte. Descartei meus livros médicos. Buchan eu queimei. Nunca mais li *Pensamentos Noturnos* – nem linguagem empolada sobre cemitérios de igrejas, nem histórias de fantasmas como essa. Resumindo, me transformei em um novo homem, e vivi a vida de um homem.

Daquela noite memorável, me livrei para sempre das minhas funestas apreensões, e com elas desapareceu a doença da catalepsia, da qual, talvez, elas tenham sido menos a consequência do que a causa. Há momentos em que, até mesmo para o olhar sóbrio da razão, o mundo de nossa triste humanidade assume a feição do inferno – mas a imaginação do homem não é nenhuma carathis,[44] para explorar

---

44   Um tipo de mariposa.

com impunidade cada uma de suas cavernas. Ora, a sinistra legião de terrores sepulcrais não pode ser considerada toda fantasiosa – mas, como os demônios em cuja companhia Afrasiab[45] fez sua viagem até Oxus,[46] eles devem dormir, ou nos devorarão – eles devem em seu sono permanecer, ou pereceremos.

---

45 Nome de um rei e herói mítico de Turan, região histórica na Ásia Central.
46 Rio na Ásia Central, hoje chamado de Amu Darya.

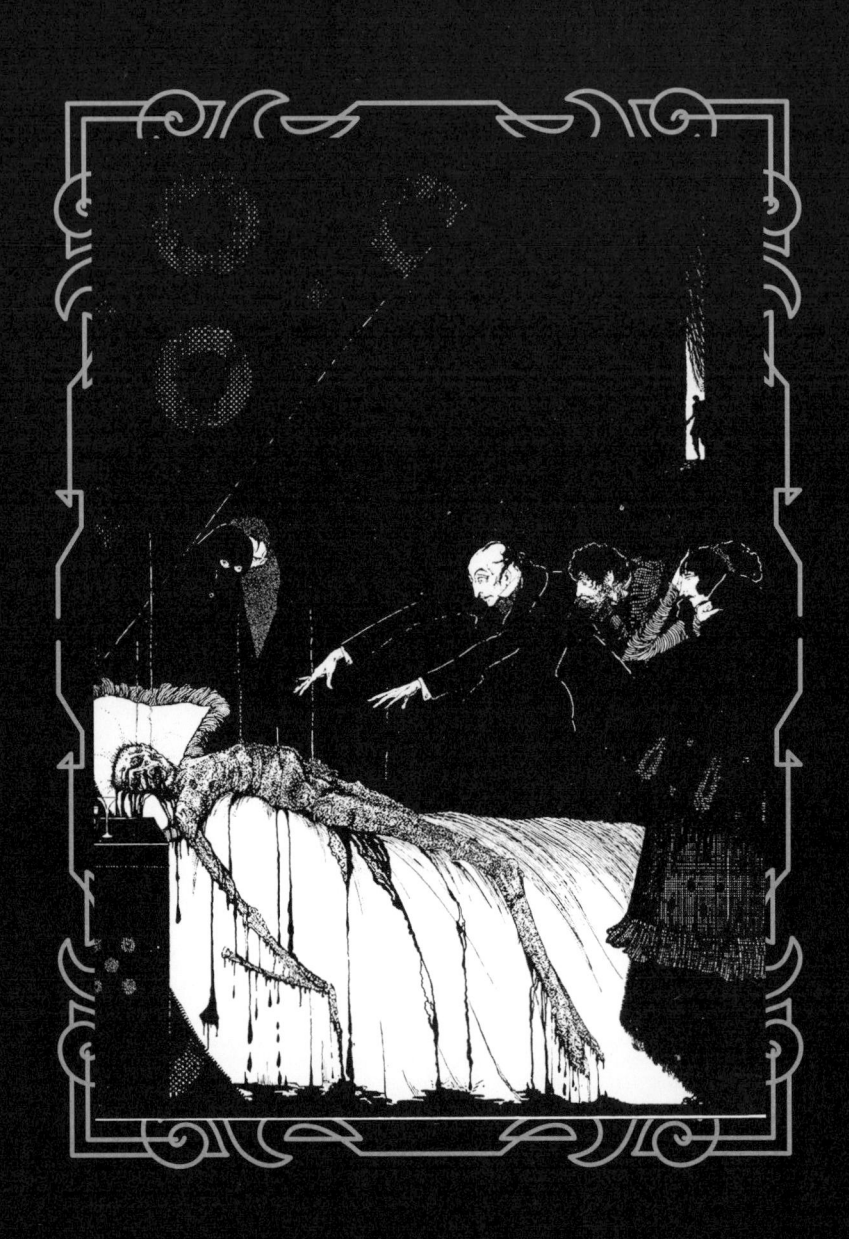

OS FATOS NO CASO DO SR. VALDEMAR

Claro que não irei fingir que seja de admirar que o extraordinário caso do sr. Valdemar incitou discussão. Teria sido um milagre se não tivesse – especialmente diante das circunstâncias. Pelo desejo de todas as partes envolvidas, de manter o caso longe do público, pelo menos no momento presente, ou até que se tenha mais oportunidades para investigação – pelos nossos esforços em realizar –, um complicado ou exagerado relato ganhou lugar na sociedade e se tornou a origem de muitas interpretações equivocadas e desagradáveis e, muito naturalmente, de muita descrença.

Agora torna-se necessário que eu revele os fatos –

contanto que eu mesmo os compreenda. Eles são, sucintamente, estes:

Pelos últimos três anos, minha atenção havia se voltado repetidamente para o mesmerismo,[47] e cerca de nove meses atrás me ocorreu, de repente, que na série de experimentos conduzidos até então, houvera uma notável e inexplicável omissão: nenhuma pessoa houvera sido mesmerizada in *articulo mortis*.[48] Ainda precisaria ser verificado, primeiro, se, em tal condição, existiria no paciente alguma suscetibilidade à influência magnética; segundo, caso exista, se ela é afetada ou acentuada pela condição; terceiro, até que ponto, ou por quanto tempo, as interferências da morte poderiam ser retidas pelo processo. Havia outros pontos a serem averiguados, mas esses eram os que mais intrigavam minha curiosidade – especialmente o último, pela natureza extremamente importante de suas consequências.

Olhando em volta à procura de alguém com quem eu pudesse testar esses detalhes, fui levado a pensar no meu amigo, sr. Ernest Valdemar, o conhecido compilador da *Biblioteca Forensica* e autor (sob o *nom de plume*[49] de Issachar Marx) das

---

47 Uso do magnetismo animal ou hipnotismo para tratamento e cura de doenças utilizado pelo médico alemão Franz Anton Mesmer (1734-1815).
48 Latim: "hora da morte".
49 Francês: "pseudônimo".

versões polonesas de *Wallenstein*[50] e *Gargantua*.[51] Valdemar, que mora no Harlem, em Nova York, desde o ano de 1839, é (ou era) principalmente notável por estar sempre disponível – seus membros inferiores pareciam os de John Randolph; a brancura de seus bigodes contrastava violentamente com a negrura de seu cabelo, sendo este, por consequência, muito frequentemente tomado por peruca. Tinha o temperamento reconhecidamente nervoso, o que tornava um bom objeto para um experimento de mesmerismo. Em duas ou três ocasiões, eu o fiz dormir com pouca dificuldade, mas me desapontei em outros resultados que sua constituição peculiar naturalmente me fez antecipar. Sua vontade nunca esteve sob meu controle completo, e, no que diz respeito à clarividência, não consegui com ele nenhum resultado confiável. Sempre atribuí meu fracasso nesses aspectos ao estado desordenado de sua saúde. Meses antes de nos conhecermos, os médicos confirmaram sua tuberculose. Era seu hábito, na verdade, falar calmamente de sua morte iminente, como algo que não se deve negar nem se arrepender.

Quando as ideias que mencionei primeiro me ocorreram, foi muito natural pensar no sr. Valdemar. Eu conhecia

---

50 *Wallenstein* (1800) é um poema dramático dividido em uma trilogia sobre a vida do general Albrecht von Wallenstein (1583-1634), escrito pelo poeta alemão Friedrich Schiller (1759-1805).
51 *A Vida de Gargântua e de Pantagruel* é uma pentalogia de romances escrita no século XVI pelo escritor francês François Rabelais (1494-1553).

muito bem a consistente filosofia do homem para achar que ele teria quaisquer escrúpulos; ele também não tinha nenhum parente na América que pudesse interferir. Falei com ele abertamente sobre o assunto e, para minha surpresa, seu interesse pareceu vividamente despertado. Eu disse "para minha surpresa", pois, embora ele sempre tivesse se submetido aos meus experimentos livremente, ele nunca havia me dado antes nenhum sinal de simpatia para com o que eu fazia. Como sua doença possuía uma natureza que admitia o cálculo exato quanto ao período de sua morte, finalmente combinamos que ele me chamaria cerca de vinte e quatro horas antes do momento anunciado pelos seus médicos como o de seu falecimento.

Faz agora bem mais de sete meses que eu recebi do sr. Valdemar o bilhete abaixo:

Meu querido P.,
Você pode vir agora. D-- e F-- concordam que não passarei
de amanhã à meia-noite. E acredito que eles acertaram
bem quanto ao tempo que me resta.

VALDEMAR

Recebi esse bilhete menos de meia hora após ter sido escrito, e em quinze minutos eu estava no quarto do moribundo. Eu não o via havia dez dias e eu fiquei impressionado com a temerosa mudança que o breve intervalo havia forjado nele. Seu rosto tinha um tom de chumbo; os olhos haviam perdido o brilho completamente; a emaciação era tamanha que as maçãs do rosto pareciam lhe cortar a pele. Sua expectoração era excessiva. O pulso mal se percebia. Ele conservava, no entanto, de forma bastante notável, tanto seu poder mental quanto um certo grau de força física. Falava com nitidez, tomava remédios paliativos sem precisar de ajuda e, quando eu entrei no quarto, se ocupava em escrever memorandos em um bloco de anotações. Ele se apoiava na cama em travesseiros. Doutores D-- e F-- estavam presentes.

Após apertar a mão de Valdemar, chamei esses cavalheiros de lado e obtive deles um relato detalhado da condição do paciente. O pulmão esquerdo estivera em estado semiósseo ou cartilaginoso por dezoito meses e era, claro, completamente inútil para propósitos de vitalidade. O direito, em sua porção superior, estava também parcialmente, se não totalmente, ossificado, enquanto a região inferior era uma mera massa de tubérculos purulentos, sobrepostos uns aos outros. Havia algumas perfurações grandes e, em um ponto, já havia se iniciado uma adesão às costelas. Esses aspectos do lobo direito haviam surgido recentemente, já que não havia sinal deles um mês atrás e a adesão só havia sido observada nos três últimos dias. Independentemente da tuberculose, havia a suspeita de um aneurisma da aorta, mas os sintomas da ossificação tornavam um exato diagnóstico impossível. Ambos os médicos acreditavam que o sr. Valdemar morreria por volta da meia-noite do dia seguinte (domingo). Era, então, sete horas da noite no sábado. Quando saíram do lado do inválido para travar conversa comigo, os doutores D-- e F-- se despediram dele. Não era intenção deles retornar, mas, a meu pedido, eles concordaram em verificar o estado do paciente por volta das dez horas da noite seguinte.

Após partirem, falei abertamente com o sr. Valdemar sobre sua morte iminente assim como, mais especificamente, sobre o experimento proposto. Ele ainda se declarou bastante disposto e até ansioso para participar, e me encorajou a começar de uma vez. Um enfermeiro e uma enfermeira estavam presentes, mas não me senti completamente confiante para iniciar uma tarefa desse tipo sem testemunhas mais fidedignas do que essas pessoas, caso ocorresse um repentino acidente. Portanto, adiei qualquer operação até oito horas da noite seguinte, quando chegaria um estudante de medicina que eu conhecia vagamente (sr. Theodore L--l), o que me deixaria mais à vontade. Meu plano original era esperar pelos médicos, mas fui induzido a dar seguimento, primeiro pelos apelos urgentes do sr. Valdemar e, segundo, pela minha convicção de que não tinha um momento sequer a perder, já que ele estava sucumbindo rapidamente.

O sr. L--l foi gentil o bastante para aceitar tomar notas de tudo que ocorresse, e o que eu relato agora foi resumido ou copiado literalmente, em sua maior parte, de suas anotações.

Faltavam cerca de cinco minutos para as oito quando, tomando a mão do paciente, eu pedi que relatasse, o mais claramente que pudesse, ao sr. L--l, se ele (sr. Valdemar) estava totalmente de acordo que eu realizasse o experimento de mesmerismo nele em sua então condição. Ele respondeu com fraqueza:

— Sim, quero ser mesmerizado.

E acrescentou logo em seguida:

— Temo que tenha demorado muito.

Enquanto ele falava, eu dei início aos passos que eu já constatara serem os mais eficientes para subjugá-lo. Evidentemente, ele foi influenciado pelo primeiro toque lateral da minha mão em sua testa, mas, embora eu me esforçasse ao máximo, nenhum outro perceptível esforço foi produzido até que um pouco depois das dez horas, quando os doutores D-- e F-- chegaram, de acordo com o combinado. Eu expliquei a eles, em poucas palavras, o que eu planejava, e como eles não colocaram nenhuma objeção, dizendo que o paciente já se encontrava na agonia da morte, eu prossegui sem hesitar – trocando, no entanto, os toques laterais por outros no sentido descendente, direcionando meu olhar totalmente para o olho direito do doente.

Nesse momento, sua pulsação estava imperceptível e sua respiração era agonizante, a intervalos de meio minuto. Essa condição permaneceu quase inalterada por quinze minutos. Ao final desse período, todavia, um suspiro natural embora muito profundo escapou do peito do moribundo, e sua respiração agonizante cessou – o que significa que a agonia não era mais aparente; os intervalos não mudaram. As extremidades do paciente pareciam uma pedra de gelo.

Quando faltavam cinco minutos para as onze horas, percebi sinais inequívocos da influência do mesmerismo. O rolar vidrado do olho dera lugar a uma expressão de inquieta análise interna que nunca é vista exceto em casos de sonambulismo, que é impossível de confundir.

Com uns poucos ligeiros passes laterais fiz as pálpebras estremecerem, como no início do sono, e com uns poucos mais, as fechei completamente. Eu não estava satisfeito, entretanto, com isso, mas continuei a manipulá-lo vigorosamente, e com esforço total, até que os membros do dormente estivessem completamente endurecidos, após posicioná-los de forma aparentemente confortável. As pernas estavam esticadas, os braços estavam quase, e repousavam sobre a

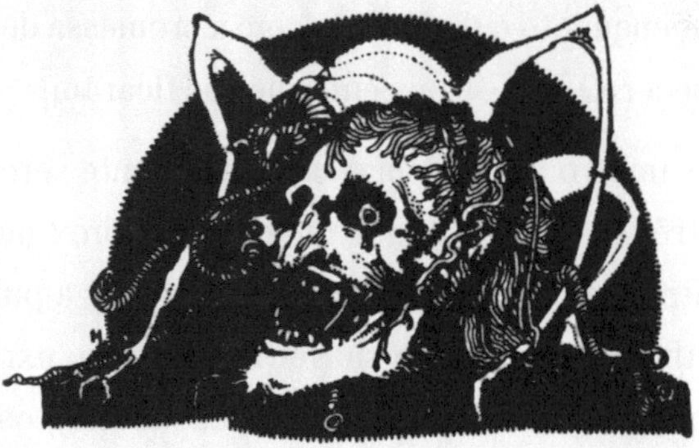

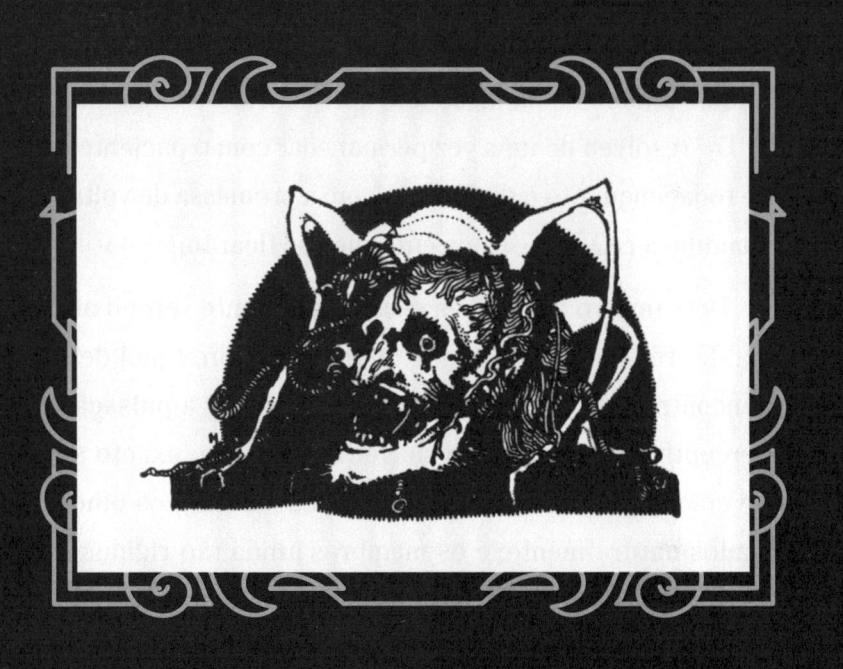

cama a uma distância razoável do ventre. A cabeça estava muito levemente elevada.

Quando concluí isso já era meia-noite, e pedi aos cavalheiros presentes para examinarem a condição do sr. Valdemar. Após alguns testes, eles admitiram que ele estava em um perfeito estado incomum de transe mesmérico. A curiosidade de ambos os médicos foi enormemente estimulada. O dr. D-- resolveu de uma vez permanecer com o paciente a noite toda, enquanto o dr. F-- saiu com a promessa de voltar ao amanhecer. O sr. L--l e os enfermeiros ficaram.

Deixamos o sr. Valdemar completamente sereno até cerca de três horas da manhã, quando me aproximei dele e o encontrei precisamente na mesma posição; a pulsação imperceptível; a respiração suave (mal notada, exceto se fosse colocado um espelho em frente aos lábios); os olhos fechados naturalmente; e os membros ainda tão rígidos e frios como o mármore. Ainda assim, a aparência geral não era de morte.

Quando meu aproximei do sr. Valdemar, fiz um esforço para que seu braço acompanhasse o meu enquanto eu passava o meu por cima de todo seu corpo. Em experimentos desse tipo feitos anteriormente com esse paciente, nunca foi obtido êxito e, seguramente, eu não esperava obter agora, mas, para minha surpresa, seu braço prontamente, embora sem forças, seguiu o meu em todas as direções em que o movi. Decidi arriscar algumas palavras em uma conversa.

— Sr. Valdemar – eu disse –, está dormindo?

Ele não respondeu, mas percebi um tremor nos lábios, e assim me animei a repetir a pergunta várias vezes. Na terceira vez, seu corpo todo se agitou com um leve tremor; as pálpebras se abriram o suficiente para mostrar uma parte branca do globo; os lábios se moveram vagarosamente e deles, num suspiro que mal dava para ouvir, saíram as palavras:

— Sim, estou dormindo agora. Não me acorde! Me deixe morrer assim!

Toquei os membros e os senti tão rígidos quanto antes. O braço direito obedeceu ao direcionamento da minha mão, como anteriormente. Questionei o sonâmbulo de novo:

— Ainda sente dor no peito, sr. Valdemar?

A resposta agora foi imediata, mas ainda menos audível que antes.

— Não sinto dor nenhuma. Estou morrendo.

Achei que não convinha perturbá-lo além disso, e nada mais foi dito ou feito até a chegada do dr. F--, que veio um ponto antes do amanhecer e expressou infinita surpresa ao encontrar o paciente ainda vivo. Após medir a pulsação e aplicar o espelho nos lábios, ele me pediu que conversasse com o sonâmbulo novamente. Ao que eu disse:

— Sr. Valdemar, ainda dorme?

Como antes, alguns minutos se passaram antes que uma resposta fosse proferida, e nesse interim o moribundo pareceu estar reunindo suas energias para falar. Quando perguntei pela quarta vez, ele disse muito fracamente, quase inaudivelmente:

— Sim, ainda dormindo. Morrendo.

A opinião, ou o desejo, dos médicos era de que o sr. Valdemar pudesse permanecer naquela posição de aparente tranquilidade até que a morte sobreviesse, o que, era consenso, deveria ocorrer dentro de alguns minutos. Eu resolvi, no entanto, falar com ele mais uma vez e simplesmente repeti minha pergunta anterior.

Enquanto eu falava, houve uma mudança notável no rosto do sonâmbulo. Os olhos se abriram vagarosamente, as pupilas se esconderam para cima, a pele assumiu um tom cadavérico, parecendo mais papel do que pergaminho, e manchas tísicas circulares, que, até então, estavam bem definidas no centro de cada bochecha, desapareceram de uma vez. Eu uso essa expressão, pois a brusquidão com que sumiram me lembram não mais que o apagamento de uma vela por um sopro. O lábio superior, ao mesmo tempo, se retraiu, mostrando os dentes, que antes estavam completamente cobertos, enquanto a mandíbula caía com um ruído audível, deixando a boca amplamente aberta, permitindo uma vista completa da língua inchada e enegrecida. Eu suponho que os horrores do leito de morte não eram insólitos para nenhum dos membros da comitiva presentes; mas a aparência do sr. Valdemar naquele momento era hedionda além do que se entendia como tal, que todos se afastaram da cama.

Agora eu sinto que atingi o ponto dessa narrativa em que cada leitor será sobressaltado por um claro ceticismo. Faz parte do meu trabalho, no entanto, prosseguir.

Não havia mais o mínimo sinal de vitalidade no sr. Valdemar, e, aproximando-se da morte, fazíamos a troca dos enfermeiros, quando uma vibração forte foi observada na língua. Isso continuou por talvez um minuto. Ao final desse período, uma voz foi emitida saindo pelos maxilares abertos e imóveis – de tal forma que eu seria louco em tentar descrever. Há, na verdade, dois ou três epítetos que podem ser aplicáveis em parte; eu posso dizer, por exemplo, que o som era áspero, entrecortado e oco; mas a monstruosidade como um todo é indescritível, pela simples razão que nenhum som similar alguma vez foi despejado em ouvidos humanos. Há duas particularidades, no entanto, que na época eu pensei, e ainda penso, poderiam ser classificadas como características da entonação – bem como adaptada para transmitir alguma ideia de sua peculiaridade sobrenatural. Em primeiro lugar, a voz parecia alcançar nossos ouvidos – pelo menos o meu – de uma longa distância, ou de alguma caverna funda na terra. Em segundo lugar, me causou a impressão (temo, na verdade, que será impossível me fazer compreender) de algo gelatinoso ou viscoso de sentir ao se tocar.

Eu mencionei tanto "som" como "voz". O que quero dizer é que o som era de nítida – até mesmo admiravelmente, emocionantemente nítida – silabação. O sr. Valdemar falou – obviamente em resposta à questão que eu havia proposto a ele alguns minutos antes. Eu havia perguntado, como pode ser lembrado, se ele ainda dormia. Ele então disse:

— Sim... não... Estive dormindo... e agora... agora... estou morto.

Nenhum dos presentes nunca ousou negar, ou tentar reprimir, o impronunciável, arrepiante horror que essas poucas palavras, assim faladas, foram tão bem calculadas para transmitir. O Sr. L--l (o estudante) desmaiou. Os enfermeiros imediatamente deixaram o quarto, e não se deixaram convencer a voltar. As minhas próprias impressões eu não seria capaz de as fazer passar por inteligíveis ao leitor. Por quase uma hora, nos ocupamos, silenciosamente – sem falar uma palavra

– dos esforços de reavivar o sr. L--l. Quando ele voltou a si, nos voltamos novamente a investigar a situação do sr. Valdemar.

Ela permanecia do mesmo jeito que eu havia descrito por último, com exceção de que o espelho não mais fornecia evidência de respiração. Uma tentativa de extrair sangue do braço falhou. Devo mencionar, também, que esse membro não mais obedecia aos meus comandos. Eu me esforcei em vão em fazê-lo seguir a direção da minha mão. A única indicação real, na verdade, da influência mesmérica podia ser agora encontrada na vibração da língua a qualquer momento que eu fizesse uma pergunta ao sr. Valdemar. Ele parecia estar fazendo um esforço para responder, mas não conseguia dar vazão à sua vontade. Às perguntas feitas a ele por qualquer outra pessoa que não eu ele parecia completamente alheio – embora eu tenha tentado colocar cada membro do grupo em relação mesmérica com ele. Acredito que agora relatei tudo que é necessário para o estado do sonâmbulo nesse momento. Outras enfermeiras foram trazidas, e, às dez horas, eu deixei a casa na companhia dos dois médicos e do sr. L--l.

À tarde, todos voltamos para ver o paciente. Sua situação era exatamente a mesma. Tivemos então uma discussão sobre ser apropriado e viável acordá-lo, mas tivemos pouca dificuldade em concordar que não havia nenhum bom motivo para isso. Era evidente que, até então, a morte (ou o que é normalmente chamado de morte) havia sido detida pelo processo mesmérico. Parecia claro para todos nós que acordar o sr. Valdemar iria simplesmente causar sua instantânea ou no mínimo rápida morte.

Desse período até o fim da semana passada – um intervalo de quase sete meses – continuamos a fazer visitas diárias à casa do sr. Valdemar, acompanhados, de vez em quando, por médicos ou outros amigos. Durante todo esse período o sonâmbulo permaneceu exatamente como eu havia descrito por último. A atenção dos enfermeiros era contínua.

Foi na última sexta-feira que resolvemos realizar o experimento de acordá-lo ou pelo menos tentar; e foi o (talvez) infeliz resultado desse último experimento que provocou muita discussão em círculos privados – muito da qual não posso evitar julgar como um sentimento popular infundado.

Com o propósito de tirar o sr. Valdemar do transe mesmérico, usei os passes de costume. Por um tempo, não deram resultado. A primeira indicação do despertar foi fornecida por uma queda parcial da íris. Foi observado, como especialmente notável, que esse rebaixamento da pupila veio acompanhado de um icor[52] amarelado que escorria profusa-

---

52 Na mitologia grega, líquido que corria no sangue dos deuses ou imortais.

mente (de debaixo das pálpebras) trazendo consigo um odor pungente e altamente agressivo.

Foi sugerido, então, que eu tentasse influenciar o braço do paciente, como antes. Tentei e falhei. O dr. F-- pediu que eu lhe fizesse uma pergunta. Eu fiz, assim:

— Sr. Valdemar, pode nos explicar quais são sem sentimentos e desejos agora?

Houve um instantâneo retorno da coloração nas bochechas; a língua tremeu ou rolou rapidamente na boca (embora os maxilares e lábios permanecessem tão rígidos como antes) e finalmente a mesma voz hedionda que descrevi antes irrompeu:

— Pelo amor de Deus! Rápido! Rápido! Me façam dormir de novo... ou... rápido! Me acordem! Rápido! Estou dizendo que estou morto!

Fiquei completamente perturbado, e por um instante não soube o que fazer. Primeiro, tentei recompor o paciente, mas ao falhar por ele não ter esboçado nenhuma reação, refiz meus passos e lutei para acordá-lo. Com essa tentativa, logo vi que poderia obter sucesso – ou pelo menos imaginei que meu sucesso pudesse ser completo – e tenho certeza de que todos no quarto estavam preparados para ver o paciente acordar.

Mas para o que de fato ocorreu, no entanto, é quase impossível que qualquer ser humano estivesse preparado.

Enquanto eu rapidamente dava os passes mesméricos, em meio a gritos de "Morto! Morto!" vindos sem dúvida da língua, e não dos lábios do doente, seu corpo todo de uma vez, no tempo de um minuto, ou até menos, encolheu, virou migalha, ficou absolutamente destruído sob minhas mãos. Sobre a cama, diante de todos, jazia uma massa quase líquida de repugnante, detestável podridão.

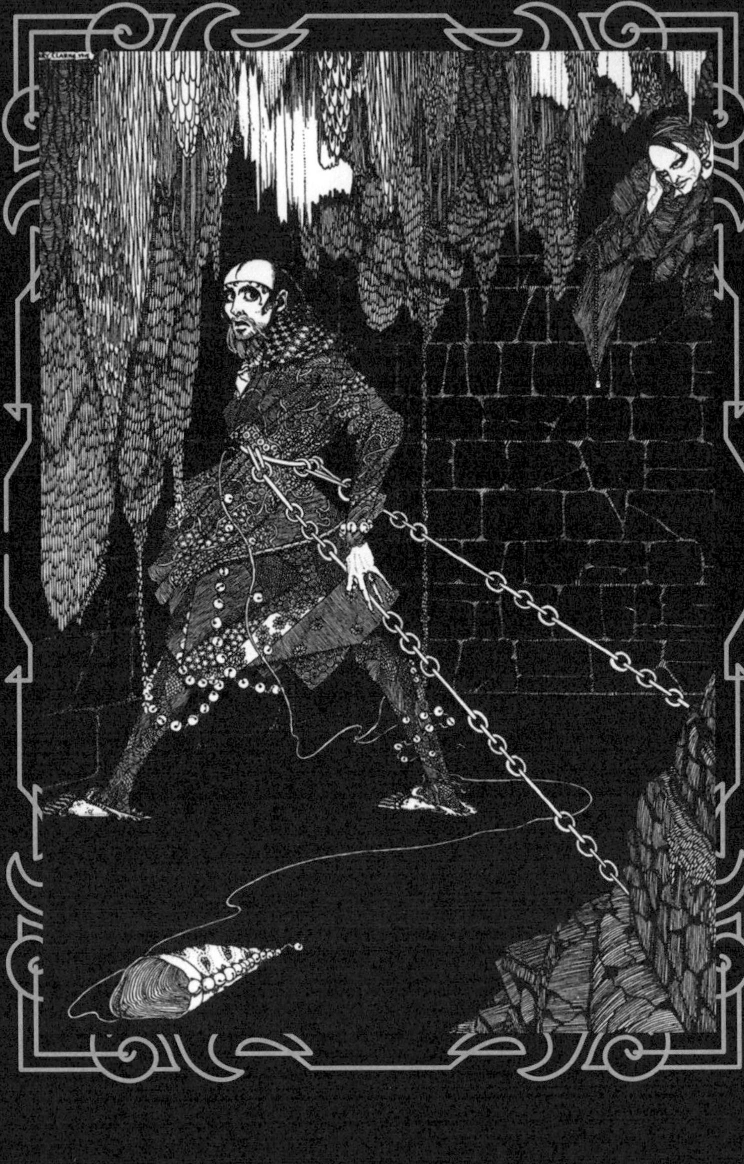

O BARRIL DE AMONTILLADO

As milhares de injúrias de Fortunato eu havia suportado da melhor forma que pude, mas, quando ele partiu para o insulto, jurei vingança. Você, que tão bem conhece a natureza da minha alma, não irá supor, no entanto, que eu pronunciei uma ameaça. Finalmente eu seria vingado; esse era um ponto definitivamente estabelecido – mas a definição exata com que isso foi resolvido, excluía a ideia de risco. Eu devo não apenas punir, mas punir com impunidade. Um erro permanece sem revide quando sua retribuição ultrapassa aquele que revida. Fica igualmente sem revide quando quem se vinga falha ao se fazer notar como tal por aquele que cometeu o erro. Deve ficar claro que nem por palavra nem por ato tinha eu dado a Fortunato motivo para duvidar da minha disposição. Continuei, como era meu costume, a sorrir para ele, e ele não percebeu que meu sorriso era na ocasião por pensar na sua imolação.

Ele tinha um ponto fraco, esse Fortunato, embora em outros aspectos fosse um homem a ser respeitado e até temido. Ele se orgulhava de seu conhecimento em vinhos. Poucos italianos têm o verdadeiro espírito virtuoso. Na maioria, seu entusiasmo é adotado para se adequar ao tempo e à oportunidade – praticar a impostura diante de britânicos e austríacos milionários. Em pintura e joalheria, Fortunato, como seus conterrâneos, era um charlatão, mas em matéria de vinhos antigos ele era autêntico. A esse respeito, eu não diferia muito dele: eu era habilidoso nas safras dos italianos, e comprava bastante sempre que podia.

Foi por volta do anoitecer, um dia durante a loucura suprema da temporada de Carnaval, que encontrei meu amigo. Ele me abordou com cordialidade excessiva, já que havia bebido demais. O homem se vestia como um bufão. Ele usava um traje semilistrado apertado e sua cabeça estava coberta por um chapéu cônico e sinos. Fiquei tão feliz em vê-lo e que pensei que nunca apertaria sua mão como naquele encontro. Eu disse a ele:

— Meu querido Fortunato, que sorte te encontrar. Como está tão notadamente bem vestido hoje! Olha, recebi um barril que supostamente é de Amontillado, mas tenho minhas dúvidas.

— O quê! – ele disse – Amontillado? Um barril? Impossível! E em pleno Carnaval!

— Eu tenho minhas dúvidas – respondi – e fui tolo o suficiente por pagar o preço oficial do Amontillado sem te consultar sobre o assunto. Não consegui te encontrar e tive medo de perder o negócio.

— Amontillado!

— Tenho lá minhas dúvidas!

— Amontillado!

— Preciso saná-las.

— Amontillado!

— Como você está ocupado, estou indo procurar o Luchesi. Se alguém tem um senso crítico, esse é ele. Ele me dirá...

— Luchesi não sabe diferenciar um Amontillado de um Xerez.

— E ainda tem quem diga que o gosto dele é páreo para o seu.

— Vamos. Eu vou com você.

— Para onde?

— Para suas adegas.

— Meu amigo, não. Não abusarei de sua boa vontade. Percebo que você tem um compromisso. Luchesi...

— Não tenho nenhum compromisso, vamos.

— Meu amigo, não. Não é nem pelo compromisso, mas percebo que está sentindo muito frio. As adegas são insuportavelmente úmidas. E estão incrustradas de salitre.

— Vamos, mesmo assim. O frio não é nada. Amontillado! Você foi enganado. Quanto ao Luchesi, ele não sabe distinguir nem um xerez de um Amontillado.

Falando assim, Fortunato tomou meu braço. Colocando uma máscara negra de seda e tendo meu *roquelaire*[53] bem junto ao corpo, consenti que ele me conduzisse até meu *palazzo*.[54]

Não havia serviçais em casa. Eles haviam saído para aproveitar o Carnaval. Eu havia dito a eles que não voltaria até de manhã e dado ordens explícitas para que não se afastassem da casa. Isso era suficiente, eu bem sabia, para garantir que sumissem imediatamente, assim que eu virasse as costas.

Peguei duas velas dos castiçais, dei uma a Fortunato e o conduzi a uma sequência de salas até o arco que levava às adegas. Passei por uma longa e sinuosa escada, que exigia

---

53 Francês: "casaco semiajustado até a altura dos joelhos".
54 Italiano: "palácio".

que ele tomasse cuidado enquanto caminhava. Chegamos, enfim, ao final da descida e permanecemos juntos no chão úmido das catacumbas dos Montresors.

O andar do meu amigo era cambaleante, o que fazia os sinos no seu chapéu balançarem a cada passo.

— O barril – ele disse.

— Está mais para a frente – falei –, mas observe as teias de aranha que brilham nas paredes dessas cavernas.

Ele virou para mim e me encarou com as pupilas enevoadas, que pareciam destilar toda a reuma da intoxicação.

— Salitre? – ele perguntou, por fim.

— Salitre – respondi. Há quanto tempo você está com essa tosse?

— Cof! Cof! Cof! Cof! Cof! Cof! Cof! Cof! Cof! Cof! Cof! Cof! Cof! Cof!

Era impossível para o meu pobre amigo falar por muito tempo.

— Não é nada – ele disse finalmente.

— Venha – eu disse com convicção –, vamos voltar; sua saúde é preciosa. Você é rico, respeitado, admirado, amado; você é feliz, como um dia eu fui. As pessoas sentirão sua falta. Diferente de mim. Vamos voltar, senão você ficará doente e não posso ser responsável por isso. Além do mais, tem o Luchesi...

— Chega – ele disse – a tosse não é nada. Ela não vai me matar. Não vou morrer de uma tosse.

— Verdade, verdade – respondi – e, na verdade, não era minha intenção te deixar preocupado sem necessidade, mas você deve ter todo o cuidado. Uma dose desse Médoc vai nos proteger da umidade.

Então eu quebrei o gargalo de uma garrafa que peguei de uma longa fila do mesmo tipo que ficava sobre o mofo.

— Beba – disse, entregando a ele o vinho.

Ele o levou a seus lábios com um olhar malicioso. Parou e assentiu com a cabeça intimamente, enquanto seus sinos badalavam.

— Bebo – ele disse – aos que estão enterrados ao nosso redor.

— E eu à sua vida longa.

Ele tomou meu braço novamente e prosseguimos.

— Essas adegas – ele disse – são enormes.

— Os Montresors – respondi – eram uma família grande e numerosa.

— Esqueci qual era o brasão.

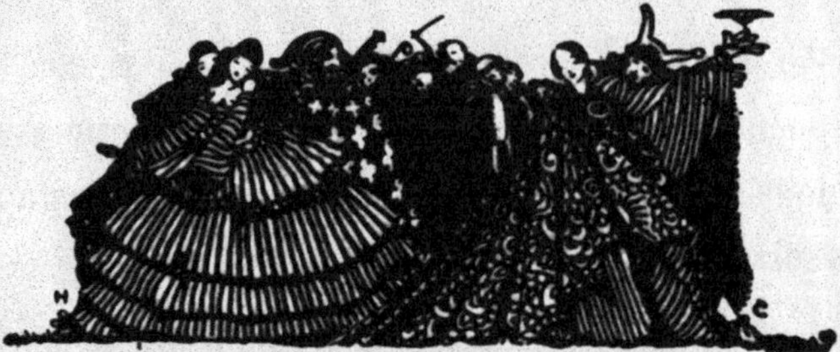

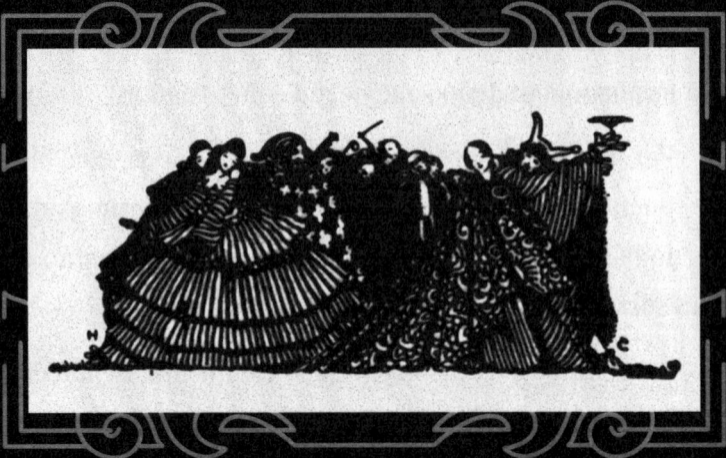

— Um grande pé de ouro, em um campo azul; o pé esmaga uma serpente rastejante cujas presas estão cravadas no calcanhar.

— E o lema?

— *Nemo me impune lacessit.*[55]

— Bom! – ele disse.

O vinho reluzia em seus olhos e os sinos tilintavam. Até a minha imaginação se aqueceu com o Médoc.

Passamos por paredes de ossos empilhados, com barris e tonéis intercalados até os recessos mais íntimos das catacumbas. Parei novamente, e nessa hora fiz questão de pegar Fortunato pelo braço acima do cotovelo.

— O salitre – eu disse –, veja, ele aumenta. Pende das caves como musgo. Estamos embaixo do leito do rio. As gotas de umidade pingam por entre os ossos. Venha, vamos voltar antes que seja tarde demais. Sua tosse...

— Não é nada – ele disse –, vamos em frente. Mas primeiro outra dose do Médoc.

Parti o gargalo e entreguei a ele uma garrafa de De Grâve. Ele as esvaziou de uma vez. Seus olhos brilhavam

---

55 Latim: "Ninguém me fere impunemente".

com uma luz selvagem. Ele riu e jogou a garrafa para cima fazendo um gesto que não entendi.

Olhei para ele com surpresa. Ele repetiu o movimento – meio grotesco.

— Você não entendeu? – ele disse.

— Eu não – respondi.

— Então você não é da fraternidade.

— O quê?

— Você não é maçom.

— Sim, sim – eu disse –, sim, sim.

— Você? Impossível! Um maçom?

— Um maçom – respondi.

— Me dê um sinal – ele pediu.

— Este aqui – respondi –, tirando uma pá de pedreiro[56] de debaixo do meu *roquelaire*.

— Você está brincando – exclamou, recuando uns passos. – Mas continuemos até o Amontillado.

— Que assim seja – disse, guardando a ferramenta embaixo da capa e de novo oferecendo a ele meu braço.

---

56 O narrador faz uma brincadeira aqui, já que a palavra *maçon* significa "pedreiro" em francês.

— Ele se apoiou pesadamente. Continuamos nosso caminho em busca do Amontillado. Passamos por uma sequência de arcos baixos, descemos, continuamos, descemos de novo, e chegamos a uma cripta profunda, em que a impureza do ar fez as chamas de nossas velas se abrandarem para um leve brilho.

Na extremidade mais remota da cripta havia outra, menos espaçosa. Suas paredes haviam sido erguidas com restos humanos, empilhados até a adega de cima, no modelo das grandes catacumbas de Paris.

Três lados dessa cripta mais remota ainda eram ornamentados desse jeito. Do quarto lado, os ossos haviam sido retirados e deixados aleatoriamente sobre o chão, formando um monte considerável. Dentro da parede assim exposta pela retirada dos ossos, percebemos ainda outro recesso, com profundidade de quatro pés e três de largura e seis ou sete de altura.

Parecia ter sido construído sem nenhum propósito em especial, formando simplesmente um intervalo entre dois dos colossais suportes para o teto das catacumbas, e tinha o apoio de uma das paredes limitadas de sólido granito.

Foi em vão que Fortunato, erguendo sua vela sem brilho, tentou se enfiar na reentrância. Seu fim não era possível ver devido à fraca luz.

— Prossiga – eu disse – aí é que está o Amontillado. Quanto ao Luchesi...

— É um ignorante – interrompeu meu amigo, enquanto dava seus passos cambaleantes e eu seguia logo atrás de seus calcanhares.

— Em um instante ele chegou ao extremo do nicho e, tendo seu progresso impedido pela pedra, parou estupidamente desorientado. Um momento depois eu já o havia acorrentado ao granito. Em sua superfície havia duas argolas de ferro, distantes cerca de dois pés uma da outra, horizontalmente. De uma delas pendia uma corrente curta e, da outra, um cadeado. Passar a corrente pela sua cintura foi coisa de segundos. Ele ficou atônito demais para reagir. Tirando a chave, dei um passo para me afastar do nicho.

— Passe as mãos pela parede – eu disse –, é impossível não notar o salitre. Está muito úmido. Vou implorar mais uma vez para você voltar. Não? Então, terei que deixá-lo. Mas primeiro devo direcionar toda a atenção que estiver ao meu alcance.

— O Amontillado! – gritou meu amigo, sem se recuperar ainda da surpresa.

— Verdade – respondi –, o Amontillado.

Enquanto falava essas palavras, me ocupei da pilha

de ossos de que falei antes. Joguei-os de lado e logo deixei à mostra certa quantidade de tijolo e argamassa. Com esses materiais e minha pá de pedreiro, comecei vigorosamente a erguer uma parede na entrada do nicho.

Mal havia colocado a primeira camada de pedras quando descobri que a embriaguez de Fortunato havia em grande parte passado. A primeira indicação que tive foi um gemido baixo do fundo do recesso. Não era um grito de um homem bêbado. Houve, então, um silêncio longo e persistente. Coloquei a segunda camada, e a terceira, e a quarta, e então ouvi as vibrações furiosas da corrente. O barulho durou alguns minutos, durante os quais o ouvi com muita satisfação, parei meu trabalho e me sentei sobre os ossos. Quando finalmente o tinido diminuiu, eu retomei a pá, e sem interrupção coloquei a quinta, a sexta e sétima camada. A parede agora estava quase no nível do meu peito. Parei novamente, e segurando a vela sobre o trabalho de pedreiro, iluminei com alguns fracos raios a figura lá dentro.

Uma sucessão de gritos altos e agudos, estourando de repente da garganta do acorrentado, parecia me empurrar violentamente para trás. Por um breve momento hesitei – tremi. Desembainhando meu espadim, com ele comecei a tatear o recesso, mas refletir por um momento me ajudou a me tranquilizar. Pus minha mão sobre a estrutura sólida das catacumbas e me senti satisfeito. Me reaproximei da parede. Respondi aos gritos dele que clamavam. Reproduzi os ecos, os assisti, os ultrapassei em volume e força. Fiz isso e ele continuava.

Já era meia-noite e minha tarefa estava chegando ao fim. Completei a oitava, a nona e a décima camada. Eu havia terminado uma parte de décima primeira, faltava apenas uma única pedra a ser encaixada e cimentada. Lutei com seu peso; a posicionei parcialmente em seu destino.

Nessa hora veio do fundo do nicho uma risada baixa que arrepiou os meus cabelos. Foi sucedida por uma voz triste que tive dificuldade em reconhecer como a do nobre Fortunato. A voz disse:

— Ha! Ha! Ha! He! He! Muito boa piada, de fato. Uma excelente brincadeira. Vamos rir muito disso no seu palácio. He! He! Tomando nosso vinho. He! He! He!

— O Amontillado – eu disse.

— He! He! He! He! He! Sim, o Amontillado. Mas não está ficando tarde? Não estão nos esperando no *palazzo*, a senhora Fortunato e todos os outros? Vamos indo!

— Sim – eu disse –, vamos indo.

— Pelo amor de Deus, Montresor!

— Sim – eu disse –, pelo amor de Deus!

Mas esperei em vão por uma resposta após essas palavras. Fiquei impaciente e chamei alto:

— Fortunato!

Sem resposta. Chamei de novo:

— Fortunato!

Ainda nenhuma resposta. Enfiei uma vela pela abertura que sobrou e a deixei cair lá dentro. Só ouvi um tilintar dos sinos em resposta. Meu coração ficou angustiado – por causa da umidade das catacumbas. Me apressei para terminar meu trabalho. Ajustei a última pedra em sua posição. Passei a argamassa. Sobre a nova parede recoloquei a muralha de ossos. Por meio século nenhum mortal os havia perturbado. *In pace requiescat!*[57]

---

57 Latim: "Descansem em paz!"

Impressão e Acabamento
Gráfica Oceano